黑龙江省优秀学术著作出版资助出版

U0723585

公木先生

高昌◎著

黑龙江教育出版社

图书在版编目（ＣＩＰ）数据

公木先生 / 高昌著. -- 哈尔滨 ： 黑龙江教育出版
社， 2022.8
ISBN 978-7-5709-3417-1

Ⅰ．①公… Ⅱ．①高… Ⅲ．①传记文学－中国－当代
Ⅳ．①I25

中国版本图书馆CIP数据核字(2022)第155999号

公木先生
GONGMU XIANSHENG

高　昌　著

责任编辑	葛　然　潘丽娜　唐彦伟	
封面设计	朱美杰	
责任校对	王慧娟	
出版发行	黑龙江教育出版社	
	（哈尔滨市道里区群力第六大道 1313 号）	
印　　刷	哈尔滨博奇印刷有限公司	
开　　本	787 毫米×1092 毫米　1/16	
印　　张	18	
字　　数	220 千字	
版　　次	2022 年 8 月第 1 版	
印　　次	2022 年 8 月第 1 次印刷	

书　　号	ISBN 978-7-5709-3417-1	**定　　价**	88.00 元

出版前言

　　本书讲述的是著名诗人、教育家公木先生（1910—1998）的人生故事。一方面记录了先生的人格修为、思想抉择、园丁风采和学术建树，另一方面也展示了一代人追求光明、永远向前的坚定信念和不懈奋斗。

　　本书重点从1938年诗人走进延安、投身抗大写起，平实地记叙了诗人从抗大到鲁艺、从东大到鞍钢、从文讲所到吉林大学几十年光阴的生命传奇、精神气象和思想跋涉之旅。

　　本书按照时间顺序分章记述。行文所涉及的一些地名、作品名等，均采用当年的称谓。比如《八路军进行曲》《人民解放军进行曲》《中国人民解放军进行曲》《中国人民解放军军歌》，书中均按照该作品出现年代进行表述，不再另做标注。

　　本书所选材料来源有三：一是来源于自采。作者曾深入延安、北京、辛集、长春乃至韩国光州等关联地区进行采访，获得第一手素材。二是来源于师友追忆。公木先生的亲友、学生的回忆录和各种传记、年谱等,为本书写作提供了丰富资料。三是来源于披阅史料。与公木先生相关的档案、遗稿、信函等,为本书的写作提供了参照。

全书力求以翔实的史料为基础,所有时间、地点和引文均进行过核对,并尽量标明出处。但是鉴于书稿内容有时代特性,书中所引个别资料系根据相关人员及后人口述实录,并因年代久远无从查寻出处勘校。

本书中部分带有时代印迹的字、词、句及用语,为保持作品的原汁原味,均原貌呈现,未做修改。

目　录

序章　生命之诗　赤子之心

正是燃烧的痛苦，
引爆痛苦的燃烧。

理想使痛苦光辉，
痛苦使理想崇高。

这是公木先生一首题为《痛苦的燃烧》的诗中的诗句。这首诗是为诗友蔡其矫所作。而公木先生自己，也是一位一生都在痛苦燃烧的诗人。他多次歌唱"火焰的心"，因为他的"心底自燃着永不熄灭的火种，风一吹就会发出炽热的熊熊的光焰来"①。作家王蒙先生曾为公木百年诞辰写了一个题词："向前向前向前，公木的呼唤永远。"这里的"永远"，也即老子所谓"死而不亡者寿"了吧？铁凝女士称赞公木先生"军歌嘹亮生命之诗，桃李芬芳赤子之心"。李瑛先生认为公木先生"以诗以文，育人以灵魂之美"。牛汉先生说："诗人公木

---

① 公木：《哈喽，胡子！》，见《公木诗选》，长春，吉林人民出版社，1981年，67页。

人品、诗品朴实而真挚,他的一生与民族命运血肉相连。"徐光耀先生说:"一唱向前曲,热血冲云霄。冀人好公木,令我最自豪。"而当年年过九旬的丁雪松也曾在病床上强撑病体,为公木百年诞辰写下"公木,亲如兄弟"这样深情的话语。①

公木是先生的笔名,他的本名叫张松如。他的一生仿佛是一出壮美的长剧,这出长剧无论怎样唱念做打,总和时代声息相通,是时代长河里翻起的大大小小的浪花,当然也映照着时代的光辉,体味着命运的苦涩。

有人曾经把公木的名字编成谜语:把"松"字分开为"木""公",再用传统的"秋千格"来猜,扣得的谜底就是本书主人公的名字——公木。现在回头来看,正如牛汉先生所言,公木的一生"与民族命运血肉相连"。这位充满阳刚之气而又能文能武的著名诗人的人生,仿佛每分每秒都紧紧绑缚在时代的秋千上,或高昂,或低沉,始终伴随着时代的脉搏而上下起伏、颠簸律动。

1998 年 10 月 30 日,公木躺在长春白求恩医科大学第一临床医院的病床上,艰难地摆了下手,仿佛是在与这人间告别,然后,就永远地合上了双眼。公木魂归故里(河北省辛集市)已经多年了。他的墓园不大,但是布置得朴素而优美,四周环绕的松柏披着淡淡的白雪,苍凉沉郁,肃穆庄严。他的墓碑是一块巨大的黑色岩石,基本未经雕饰,保留着原始的

---

① 《天地境界 德艺流芳——公木先生诞辰百年纪念》,长春,吉林大学出版社,2010 年,8、9 页。

形状，就像一块黝黑的煤炭，仿佛只要给一粒火种，就能熊熊燃烧。碑上没有华丽的碑文，甚至连他的生卒年月也没有，只简单地镌刻着他为《中国人民解放军军歌》所作的歌词："向前向前向前，我们的队伍向太阳，脚踏着祖国的大地，背负着民族的希望……"这首歌原来叫《八路军进行曲》，其中有句歌词是"自由的旗帜高高飘扬"，抗日战争期间曾被改为"朱德的旗帜高高飘扬"，解放战争时被改成"全中国人民彻底解放"，而看 1964 年拍摄的电影《霓虹灯下的哨兵》，发现1949 年初这句歌词被改成了"胜利的旗帜高高飘扬"，后来在更名为《人民解放军进行曲》的时候，这句歌词也随之改成了"毛泽东的旗帜高高飘扬"。

公木先生曾经对来访的记者说："如果我……不亲身参加抗战，不亲自做抗战时事研究，那是绝对写不出这样的歌词的。在《八路军大合唱》中，抗战的三个阶段，我都写上了，写成大兵团音乐形象，不是游击队的形象。其实，1939 年还没有形成大兵团，但要站在抗战形势发展的高度去写。这是我当时的一种真感情，很自然很自觉地写的。不是首长叫写的，也没有谁告诉我要这么写，也没领导提意见，更没有开什么研讨会。回想起来，那时我们二人胆子也真够大的，既没有请示，也没有汇报，一写就是军歌、进行曲。"记者把这段话写入文章，刊载在《光明日报》《大公报》等媒体上。

在动笔写作本书的时候，我忽然也有了类似的悲伤和感叹，为此，我曾经在公木的墓碑前，默默地徘徊了很久很久，我甚至幻想,只要再轻轻地多重复几遍公木所作的一首著名诗歌的标题《我爱》,这位"鬓染白发萧骚,脸写狂草零乱"的瘦削老人就会飘飘然曳杖而来……

我的耳畔时常会响起他那句名言:"不以诗篇为生命,而以生命作诗篇。"这么多年的分别之后,再读其诗,会更加深切地感受到其中那种沉甸甸的分量,感受到其人所具有的人格气质和个性魅力,感受到其诗由激情走向沉思,又由沉思走向玄想的坎坷而又繁复的心路历程。公木说过:"个人的力量不能决定和规范历史,人们往往不得不在历史长河中随波逐流;但是人生却是一条路,需要人自己去走,去开拓,特别是要从有脚印的地方出发,向没有脚印的地方走去,要在没有路的地方开拓出路来。"近九十年的人生道路,公木踏踏实实、认认真真地走了过来,始终未改的,就是那颗拳拳的滚烫的赤子之心。他不是将这颗心百般呵护、小心珍藏,而是将其像灯一样高擎在手上,一步一步向着太阳走。

公木自身就像一部高深莫测的厚厚的书,需要科学而形象的诠释和训诂来"破译"种种人生之谜。由我来为这位素所尊敬的前辈写这部传记,我的心情是伤感而又沉重的。我深知自己学识的疏浅,也无奈于时间的零散,无法对他人生片段中模糊不清的一些细节做更细致的研讨和探寻。当然,因为这段历史并不十分遥远,一些经历了这些事的人也许会有另外的解释和回忆来修正我的疏失,而这正是我所企盼的。

2021 年 4 月,公木先生的最后一本诗集《新华颂》出版。书的最后一页专门记有他的为人之道:"不拜神,不拜金;不崇古,不崇洋;不媚时,不媚俗;不唯书,不唯上。坚持以实践唯物主义为基础的辩证唯物主义与历史唯物主义的立场、观点、方法。实现自我突破,自我超越,自我完善。"现在轮到我来记叙和描述这位诗人的人生了,我的平凡的笔和莽撞的心,能够让人放心吗? 我将怎样去表现他那独特而意蕴丰厚的人生呢? 这确实是一个需要慎重思考的难题。而此刻,公木仿佛就坐在我的对面,与我促膝交谈,从他真实的面容上,我细心地辨认着世纪的风云,心灵的秘密,还有亲切而充满爱心的前辈大家的不俗风范和举手投足间所闪现出的人性之光。不过,我不想把本书写成一部关于名人琐事的家常唠叨,更不想写成关于名人猎奇的哗众取宠之作。易卜生的某出戏剧中说,探索人生犹如剥洋葱,剥至最后,竟然发现,原来里面空空如也。我不希望我的读者读过这本书后也有这种空空如也的感觉,而希望读者能够伴随着我的笔触,越往深处,越能感受到生活带给我们的各种滋味。

时任吉林大学文学院院长的张福贵教授在公木先生诞辰 100 周年时说过:"先生让我们最难忘怀的就是他那一生不悔的真诚和一生不改的宽容,他的真诚是无私的,他的宽容是对人间的仁爱。我们吉大人要永远保持这种真诚与宽容,这就是对公木先生最好的纪念。"

第 1 章 火红的日子

1938 年 8 月,为了护送几位不适于在前方工作的女同志回后方,正在晋绥前线跟随程子华部队打游击的公木等人西渡黄河,来到了延安。

在延安,公木首先换上浅灰色的棉布单军装,扎上灰布裹腿,腰间系上一条军用腰带,唱着"黄河之滨,集合着一群中华民族优秀的子孙"嘹亮的歌儿,走进了中国人民抗日军事政治大学。他被编进瓦窑堡抗大第四期一大队四中队第四小队。

这所学校此时刚刚成立一年多一点儿的时间。其前身是 1931 年创建于江西瑞金的中央红军学校,1933 年 11 月由中央红军学校改为中国工农红军大学。1934 年随中央红军长征,改称干部团。1935 年 10 月中央红军胜利到达陕北后,在瓦窑堡改称为中国工农红军学校。1936 年 5 月,中共中央决定以中国工农红军学校为基础,创办中国人民抗日红军大学,简称红大。1936 年 6 月 1 日,中国人民抗日红军大学举行开学典礼。1937 年 1 月 20 日,红大随中共中央机关迁至

延安,改称为中国人民抗日军事政治大学,简称抗大。毛泽
东同志任抗大教育委员会主席,亲自为抗大规定了"坚定正
确的政治方向、艰苦奋斗的工作作风、灵活机动的战略战术"
的教育方针和"团结、紧张、严肃、活泼"的校训。毛泽东同志
在抗大第二期开学典礼上明确讲道:"抗大像一块磨刀石,把
那些小资产阶级意识——感情冲动、粗暴浮躁、没有耐心等
等磨它个精光,把自己变成一把雪亮的利刃,去打倒日本,去
创新社会。"①他在给抗大第三期学员讲课时指出:"学校一切
工作都是为了转变学生的思想。"②还提出了一些教育知识青
年的原则。

　　公木参加的第四期共有学员 5 562 人,他们绝大部分是
来自各地的知识青年。毛泽东同志在这一期的开学典礼上
强调了抗大的教育方针和校训,还引用《西游记》中的人物做
比喻:"唐僧一心一意要去西天取经,遭受了九九八十一难,
百折不回,他的方向是坚定不移的;但他也有缺点:麻痹,警
惕性不高,敌人换个花样就把他骗了,把敌人当好人。猪八
戒有很多缺点,但他有个优点,就是能吃苦耐劳,书中说有个
臭柿胡同,臭不可闻,挡住了去路,就是猪八戒把它拱开的。
孙猴子灵活,很机动,但有个缺点,方向不坚定,有点三心二
意。"③毛泽东同志还专门赞扬了白龙马,说它"不图名,不图

---

① 孟红:《毛泽东为抗大题词二三事》,载《文史月刊》,2005(10)。
② 牛保明、郝坤安:《抗日战争时期毛泽东改造知识分子思想的经验分析》,载《长江丛
　 刊》,2018(18)。
③ 孟红:《毛泽东为抗大题词二三事》,载《文史月刊》,2005(10)。

利,埋头苦干,一直把唐僧驮到西天,又把经驮到大唐长安。这是一种朴素、踏实的作风,是值得我们取法的"①。这些话,给了公木极大的触动。

由于此时各地知识青年奔赴延安的比较多,抗大学员人数也急剧增加,因而除二、三、四、八队留在延安附近外,其他队均移往外地。何长工为队长的五队移往庆阳,韦国清为队长的六队移往洛川,徐德操为队长的七队移往蟠龙,公木所在的一队移往瓦窑堡米粮山。瓦窑堡距延安90公里,是子长县(原安定县)政府所在地。

尽管抗大学制只有六至八个月,但学的东西却是很丰富的。在生活方面完全按照军队的方式,甚至比军队更艰苦些。白天八小时上课和训练,晚上两小时自修,主要学习内容是军事和政治。上课时没有教室,不管是盛夏还是严冬,都在室外上课,地上竖块小黑板,每人坐个小板凳,一面听讲,一面做笔记,敌机来轰炸就躲进窑洞,敌机飞走了就出来继续上课。他们吃的是小米饭、干豆角,水碗挂在腰里随时带着,所有用品(如衣服、书籍等)放进枕套就是枕头,土坯台子用纸一糊就是桌子。他们每星期至少开一次生活检讨会,开展批评与自我批评,经常参加部队演习和拉练。公木把自己在抗大的时光称作"火红的日子"。他说:"我们来自五湖四海,有工人,有农民,有店员,有士兵,有大、中、小学的学生和教师……都是在抗战烽火中,被中国共产党发出'抗日民

---

① 孟红:《毛泽东为抗大题词二三事》,载《文史月刊》,2005(10)。

族统一战线'的巨大光芒吸引来的。"从公木回忆抗大同学吕班的一篇文章中,可以从侧面体现他们紧张而又快乐的学习生活。他说:"我们相逢在火红的日子、火红的地方,我们人人都有一颗火红的心。1938 年 9 月、10 月、11 月、12 月,这正是划时代的党的第六届中央委员会第六次会议在延安召开的时期,毛泽东同志在会上做了《论新阶段》的报告,随后就作为教材印发给我们了。陕甘宁边区瓦窑堡——三年前毛泽东同志在'党的活动分子会议'上做《论反对日本帝国主义的策略》报告的地方。这个报告也曾是我们当年的学习文件。抗日军政大学第四期第一大队大队长苏振华,副大队长王赤军……同是作为学员,我们在彼时彼地从五湖四海会聚到一起,被编制在一个中队、一个连队、一个区队、一个小组里,同吃同住同学习,同作同息同操练,同出同进同文娱,总共四个月,我们结合为一个集体,结合为亲密的同志。在课堂里,你注意听讲,课后仔仔细细整理、抄清笔记,有疑问,在小组讨论中,总要打破砂锅问到底;在操场上,你认真练武,立正站队,摸爬滚跳,掷弹打靶,莫不发扬拼搏精神,要求干净利落,不怕苦,不怕累……"①

　　公木在抗大学习了四个月,提前一半时间结业,就和吕班、莛荪一起被调到抗大总校文工团。他们三个赶着一头小驴驹子驮行李,步行 70 公里弯曲山道,来到延安南关,爬上市场西沟的山头,找到抗大文工团报到。不久,公木被分配

---

① 公木:《回忆吕班》,载《电影文学》,2010(17)。

到抗大政治部。在此期间,公木经张平介绍,加入了中国共产党。

张平比公木小七岁,但是他到延安比公木早,入党时间也比公木早了一些。张平原名倪家驹、倪梦良,生于江苏昆山,祖籍山东曲阜。入延安前曾在上海剧联雷电剧社从艺,雷电剧社后来改为先锋剧社,再后来发展为上海戏剧界救亡协会领导下的救亡演剧第五队。张平1937年9月底到达延安,10月中旬即进入抗日军政大学第三期学习,并在延安参演了不少剧目。他在1949年后主要从事电影工作,是20世纪五六十年代评选出的全国22大电影明星之一。1950年,张平还主演了公木创作主题歌歌词的电影《高歌猛进》。当然,这都是后话了。

在抗大政治部,公木任宣传科时事政策教育干事,担任全校的时事政策教育工作。据作家朱子奇当年以公木为主人公撰写的一篇报告文学《老张来了》记述:公木经常背着黄挎包,带着地图、讲稿,有时还拿根打狼棍,早出晚归,风雨无阻。他爬山过河,满头大汗,快步如飞。热心给学生干部宣传党的时事政策,讲解国际形势。他知识丰富,语言生动,常引起听众的欢快笑声。他白天奔跑,晚上在窗户都破了的寒冷窑洞里,在暗淡的一根灯芯的小油灯的灯光下,埋头写诗。有时冷得发抖,就把一条旧毯子披在身上,呵呵气,暖暖手,再写,再写。有时他把同住一个窑洞的战友叫起来说:"来唱个歌!"他们就一起放声唱起来。窑洞外,大风呜呜吹着,窑洞内热流滚动着……

宣传科和文工团同属抗大政治部一个系统,和文工团同住一个山头,同吃一个大灶,所以公木还能和分配到文工团的吕班他们朝夕相见。文工团的排练演出活动,吕班同志在文工团里生龙活虎般的表现,时时刻刻浮现在公木的眼前。

吕班,原名郝恩星,1913 年 3 月 24 日生于山西省榆次县一个贫苦家庭。1927 年起,吕班先后在北京日月电影公司、北京联华电影养成所、西北电影公司做演员、场记、剧务等工作。1936 年去上海,在上海业余实验剧团参加过《大雷雨》《罗密欧与朱丽叶》《醉生梦死》《太平天国》《都会的一角》《武则天》等戏剧的演出。1937 年,经赵丹推荐,在上海明星二厂参加拍摄了《十字街头》,在上海新华影片公司参加拍摄了《青年进行曲》……1938 年奔赴延安。他本来就是个名演员,有着坎坷的生活阅历,有着丰富的影剧演出经验,来到抗大这个新的队伍、新的集体中,很自然地就以“月牙牙出来一苗苗火”的形态出现,并引起了大家注意。1939 年 1 月到 8 月,在这半年多的时间里,“吕班大鼓”敲得更响了,简直震破了天。他戴上个西瓜皮小帽,鼻梁上涂两点白粉,高兴了还在脸上画一副黑眼镜架,捡一根小木棍儿当鼓槌,说唱就唱起来,鼓词即兴而来,应景生情。欢迎会上就“有朋自远方来,不亦乐乎”,告别会上就“桃花潭水深千尺,不及汪伦送我情”,庆祝会上就来一通旗开得胜的词儿,动员会上就讲一番大鼓干劲儿的话……总之是要什么有什么,在什么场合唱什么歌,小鼓一响,词儿就有了。有时抗大政治部主任临时点名:"来一段儿吕班大鼓!"于是,不出三五分钟,"吕班大鼓"就上台了,场内立刻沸腾起来,掌声和笑声齐鸣,伸头与点头并作。整个会场一会儿欢声雷动,一会儿又鸦雀无声。

吕班的大鼓敲得生动亲切,新鲜欢乐。他的性格更是活泼,很受大家欢迎。公木说他:"在日常生活中,在连队俱乐部,你更是有说有笑,亦庄亦谐,没有你没有嗑儿唠的题目,没有你叫不上名字的同学,你是有名的'见面熟';当然更是没有哪一位同学不认识你,你是无比的'活宝',你走到哪里,哪里就腾起一片欢笑,你不只是我们连队的活跃分子,在全中队、全大队,你也是'知名人士':上大课张博士给大家讲抗日民族统一战线政策的时候,拿你给全大队教职员工编导主演的话剧《三江好》做例证……就是瓦窑堡的老乡,在军民联欢会上,不是也大声喊过要'吕班唱个《走西口》'吗?嘿,你捏着鼻子学女中音唱山西小调,那才纯粹是逗乐子哩!"①

抗战时的延安,到处是此起彼伏的歌声。唱歌,早已远远超出了文化娱乐的范畴,被列为政治工作的重要组成部分。一大批音乐家带着熊熊燃烧的激情来到这里,以他们特有的方式参加革命。这其中,就有一位来自朝鲜的作曲家——郑律成。

1939年1月的一天,吕班领着一个二十来岁的年轻人来找公木。一进窑洞就喊公木的绰号:"博士,给你介绍一位战

---

① 公木:《回忆吕班》,载《电影文学》,2010(17)。

友,咱们抗大的音乐指导——小郑,郑律成。你们俩一个写诗,一个写曲儿,正好可以配成一对儿。"公木打量着郑律成,心想:哦! 这么年轻啊,不过二十刚出头儿吧。真是英俊少年,说话还带着一点"洋味儿",有几分腼腆,握手却那么有力。

他们是在抗大文工团结识的,虽然他和郑律成当时都有些腼腆,但两双有力的大手还是紧紧握到了一起。

这样,经过吕班的介绍,公木和郑律成相识了。

郑律成面部棱角分明,有很强的雕塑感,肩膀甚宽,个儿适中。他轻声吟唱起自己刚刚作曲的《延安颂》:"夕阳照耀着山头的塔影,月色映照着河边的流萤,春风吹遍了坦平的原野,群山结成了坚固的围屏。啊! 延安,你这庄严雄伟的古城,到处传遍了抗战的歌声!"这首歌引起公木的强烈共鸣。

那时,人们穿的是草鞋,住的是窑洞,吃的是小米饭,喝的是南瓜汤。可是,每个人对这里的一切都充满了热爱,身上洋溢着热血沸腾的激情,而这首歌正好抒发了人们心底的这种感情。

二人相识之后又过了几天,公木从文工团调到了宣传科,接替熊复同志的工作,为时事政策教育干事,熊复同志调往重庆新华社,公木搬去那天,熊复正收拾行李准备出发。从那以后公木便同郑律成做了邻居,二人接触多了,经常一起到各大队及连队去,公木去作时事报告,郑律成去教唱歌,报告和唱歌,往往联结起来。(当然,音乐指导更多是面向连队俱乐部文娱干事,时事报告则总是面向全体学员。)这样,在工作上,尤其在感情上,他们很快就"配成了一对儿",成为名副其实的战友了。

有一天,郑律成来公木所在的窑洞串门,无意中翻看公木的笔记本时,发现了上面的一首短诗——《子夜岗兵颂》,这首诗写的是公木在抗大学习时夜间站岗放哨的感受。诗写得很美:"一片鳞云,筛出了几颗流星,相映溪流呜咽呜。是谁弹奏起这一阕乡曲,四周里低吟着断续的秋蛩。远处一点孤灯,像一点流萤,明灭在有无中,画出了无涯的黑暗,也画出了山影重重。你可敬的岗兵,手把着枪托,挺立在路口,面对着西风……"

郑律成很喜欢这首诗,就悄悄拿去把它谱成一首独唱歌曲,然后他兴高采烈地找到公木,用他那清亮的歌喉唱给公木听,公木听了又惊奇又激动。后来郑律成干脆打开公木的笔记本,把他的诗稿全部浏览了一遍,选出那些韵脚整齐的、朗朗上口的诗作拿去制谱,就连公木三百多行的长诗《岢岚谣》,郑律成也给谱上了曲子。郑律成对公木说:"你写的诗,符合整齐律和对称律,有音乐性,谱写起来非常容易。"这话使公木受到很大鼓舞。

1938 年 5 月,公木根据岢岚县的真实事件创作出长篇叙事诗《岢岚谣》,该诗全篇 373 行,共 1 000 余字,讲述了岢岚的农民抗日英雄娄德明,在饭菜中投放毒药与敌人同归于尽的故事。公木将叙事长诗《岢岚谣》贴在中国人民抗日军事政治大学的黑板报上。郑律成看到长诗后全部抄下来,开始为《岢岚谣》谱曲,1940 年 4 月完成创作。最初,公木并不知道郑律成在为《岢岚谣》谱曲,郑律成创作完成后,拿着编写好的歌谱找到公木,并为他亲自演唱了《岢岚谣》,这让公木很感动。

《岢岚谣》词曲手稿写在一个长 20 厘米、宽 13 厘米的笔记本上,保存至今。2017 年 8 月 8 日,郑律成的女儿郑小提将这部珍贵的词曲手稿捐赠给了山西省岢岚县博物馆。手稿封面文字为郑律成亲笔书写。《岢岚谣》共分为 8 个声部,笛子、小提琴为一个声部,其余 7 种乐器各为一个声部。《岢岚谣》曲调悠扬,婉转动听。

在一次次词曲的合作中,公木和郑律成的友谊也在一步步加深。1939 年春夏之际,吕班领着他们两个去访问住在延安交际处(即招待所)的光未然(张光年)同志,他是从大后方专程到延安同鲁艺(即当时的鲁迅艺术学院)的冼星海合作《黄河大合唱》的。大合唱尚未演出,他们只听他谈了写作意图及合作情况。回来以后,郑律成便兴奋地跟公木说:"我们也写一个,写一个《八路军大合唱》!"[1]公木点头,并击掌为誓。公木回忆说:"我实际上是一个音盲。所谓大合唱,我的想法,就是把几支或十几支歌联合起来,如同历史上金元以

---

① 公木:《试论新歌诗 缅怀郑律成》,见《向前 向前 向前——追忆军歌诞生 怀念公木郑律成》,长春,吉林大学出版社,2007 年,277 页。

来的'诸宫调'和'套数'。怎样联合,那是音乐家的事,没有体认到这中间有什么难处。"①郑律成更加大胆而自信地提出:"你是从前方来的,经历过战地生活,让我们携手合作,为八路军歌唱吧!"②

同年7月中旬,抗大总校教职员工一万多人,在校长和主任的率领下,东渡黄河,开赴前方,政治部宣传科只剩下了公木和郑律成,他们被分配到筹建中的抗大三分校工作。8月份,他们一起搬到了延安南门外西山坳与抗大政治部宣传科相邻的一个土窑里,公木坐在桌前,开始了创作。

他首先写出来的歌词是《八路军军歌》:"铁流两万五千里,直向着一个坚定的方向,苦斗十年,锻炼成一支不可战胜的力量。一旦强虏寇边疆,慷慨悲歌奔战场。首战平型关,威名天下扬;首战平型关,威名天下扬!嘿!游击战,敌后方,铲除伪政权;游击战,敌后方,坚持反扫荡。钢刀插在敌胸膛,钢刀插在敌胸膛。巍巍长白山,滔滔鸭绿江,誓复失地逐强梁。争民族独立,求人类解放,这神圣的重大责任,都落在我们双肩。"歌词本来结尾还有一个"上"字,为了唱起来更加有气魄,更加斩钉截铁,经过斟酌,把它去掉了。接着,他又创作出了《八路军进行曲》,原词是这样的:"向前向前向前!我们的队伍向太阳,脚踏着祖国的大地,背负着民族的希望,我们是一支不可战胜的力量。我们是善战的健儿,我

① 公木:《试论新歌诗 缅怀郑律成》,见《向前 向前 向前——追忆军歌诞生 怀念公木郑律成》,长春,吉林大学出版社,2007年,277页。
② 同上。

们是人民的武装，从无畏惧，决不屈服，坚决抵抗，直到把日寇逐出国境，自由的旗帜高高飘扬。听！风在呼啸军号响，听！抗战歌声多嘹亮！同志们整齐步伐奔向解放的疆场，同志们整齐步伐奔赴敌人的后方，向前，向前！我们的队伍向太阳，向华北的原野，向塞外的山冈！"这首歌词经郑律成插上音乐的翅膀，更显示出了排山倒海的气势。然后他又写了《快乐的八路军》《八路军与新四军》《骑兵歌》《炮兵歌》《军民一家》。几首歌词一气呵成，加上原来的《子夜岗兵颂》，用了一周多的时间完成了 8 首歌词创作。

公木每写完一首，就交给郑律成去谱曲，歌词只要郑律成满意就算拍板定稿了。郑律成设想《骑兵歌》中要有马蹄嗒嗒前进的脚步声，《炮兵歌》要有轰隆隆震天响的气势，《八路军进行曲》则要长短相间、寓整于散、韵律和谐、节奏明快，中间还要并排安插上三个四字的短句，诸如此类的要求，公木凡能做到的都统统照办。

当时延安的条件十分艰苦，别说钢琴，抗大就连风琴都没有，郑律成就摇头晃脑，打着手势，用嘴哼哼着制曲。他在窑洞里摇头晃脑地敲敲桌子、拍拍大腿找节奏，有时还绕着一张白茬儿桌子踱来踱去。有时公木看他旁若无人的神态，感到很好笑。郑律成意识到时，就跑出去爬到山坡上或到深山沟去创作。有一次公木发现郑律成的手破了，一问才知道他为了谱好曲子，用双手各执石子边想边敲，反复琢磨，忘情之下一不小心把手指给敲破了。有时他哼出一个调来，征求公木的意见,公木虽再三推说不懂音乐,只能谈点个人的感觉,但郑律成还是认真听取。诗人朱子奇后来撰文回忆他俩创作的情景时说:"那大约是 1939 年夏秋之际……我看见他(指郑律成)和公木在创作中,互相商量,彼此补充,共同钻研,有时也发生争论,双方提意见,很是融洽。真正做到了谱曲者与词作者是平等的朋友,还达到了思想感情的一致,完成合二为一的创造性劳动。有时两人都忘了吃饭,忘了疲劳,甚至在窑洞的土炕上,议论一夜,畅谈一夜。何等愉快、幸福! 何等感人、动人!"[①]

郑律成创作《八路军进行曲》时,在音调上吸收了进军号角的特点,在音乐进行上呈连续向上跳进的趋势,在节奏上连续使用切分音,呈现出分解式三和弦的旋律风格,但又在一定程度上运用了五声性旋法,突出了音乐的冲击力和震撼力。

9 月,谱还没制完,郑律成就调转到鲁艺音乐系任教,因此,谱完曲已是当年 10 月。郑律成高兴得眉飞色舞,说:"给词作曲,如同为虎生翼。"公木说用虎比喻不大恰当,郑律成笑道:"咱们的虎……生了翼,更凶、更猛、更厉害,有什么不好?"很快,这首歌就在抗大校园、在延安广泛传唱起来。在这年冬季,《八路军大合唱》由鲁艺音乐系油印成册,还在延安杨家岭中央大礼堂组织过一次晚会,由郑律成亲任指挥,

---

① 朱子奇:《时代的歌手——追忆郑律成和他的国际题材的音乐创作》,载《音乐研究》,1983(1)。

进行专场演奏,此后不只抗大唱,各机关、部队、学校也都传唱起来。当时既未宣布谁写词,也没说明谁作曲。公木后来回忆道:"那时我们从不计较名利,在台下听听,听完就走了,也没认为自己写的东西有多么了不起。"

鲁艺戏剧系、音乐系旧址,《八路军大合唱》在此定稿

公木在 1990 年第 5 期《文艺争鸣》的《颁定"军歌"随想》中说:"这首《进行曲》创作于 1939 年秋冬间,抗战犹处于敌强我弱,即战略防御阶段,八路军的力量还并不强大,在当时的条件下,只能是以游击战为主,积小胜为大胜,逐步扩大抗日武装和建设抗日根据地,不能进行大兵团作战,大规模地去歼灭敌人。但这首《进行曲》所塑造的并不是游击小部队的形象,而是大兵团的形象,有着排山倒海、覆地翻天的力

量。声为乐体,诗为乐心。作为郑律成同志的合作者,我深知,或者说我清楚地记得,这一点,或者说这个问题,我们并不曾讨论过,也不曾上升到自觉意识的创作理论高度。不过,对抗战的前途,有着必胜的坚强信念。毛泽东同志《论持久战》已经深深印入脑际,战略防御即将进入战略相持,最后终将到来一个战略反攻阶段,这是心中有数,明若观火,毫无疑义的。而且,在我们心目中,由中国工农红军发展而成的八路军,不只是将会成为抵抗日本法西斯侵略者的主力,而且它更肩负着推动世界历史前进的重任。我们对于八路军的理性认识,集中表现在与《进行曲》同时创作的《八路军军歌》里……对于八路军这种认识,一点没有夸张,我们认为,这是自然的,必然的,理所当然的。这些便是写作这首《进行曲》的历史背景和主体心态。"

1940年5月,总政治部宣传部部长肖向荣邀请公木和郑律成到文化沟口吃了一顿青年食堂的红烧肉和"三不粘"("三不粘"也叫桂花蛋,是用鸡蛋黄、淀粉、白糖加适量的水搅匀炒成的,因不粘盘、不粘牙、不粘筷子而得名),同时告诉他们,这些有关八路军的歌曲已由抗大学员传唱到各个根据地,很受广大指战员的欢迎,为此特向他们祝贺并敬了三杯酒,鼓励他们以后继续创作。肖向荣高兴地说:"第一杯酒祝你们继续合作并取得更大战果;第二杯酒祝你们更认真地向工农群众学习;第三杯酒祝你们再接再厉写兵,并且为兵写!"

《八路军大合唱》以《献给八路军的军歌合唱集》为名，1940 年 5 月在延安被评为五四青年节征文活动音乐类甲等奖。征文活动共征集稿件 150 件(作者 110 名)。1940 年 5 月，《八路军军歌》和《八路军进行曲》在军委主编的《八路军军政杂志》上正式发表，表示中央军委正式认可了它们。这些歌很快在八路军各抗日根据地传唱开来。

按照公木生前回忆，《八路军大合唱》特意拟定由 8 首歌组成，包括《八路军军歌》《八路军进行曲》《快乐的八路军》《子夜岗兵颂》《骑兵歌》《炮兵歌》《八路军与新四军》和《军民一家》。但也有资料说 8 首歌中没有《军民一家》，而是《冲锋歌》。不过目前《骑兵歌》《军民一家》没有词曲资料流传下来，而《冲锋歌》倒是传了下来，其歌词也很有气势："炮火震天响，战火漫天烧，看我健儿抖擞精神个个逞英豪，看我健儿抖擞精神个个逞英豪。听啊，冲锋号响了，冲上前，挥起钢刀冲啊！杀！白刃映白光，红血溅敌壕。冲啊！敌人退了，追，捉活的。敌人退了，追，捉活的。不让一个生逃，弟兄们冲啊！杀，杀，杀，杀，杀！"

《八路军大合唱》中的《八路军军歌》和《八路军进行曲》传唱至今，其他几首歌曲因为形势变化等原因，慢慢地较少听到了。有的歌曲就渐渐湮没在历史风雨中了。现在能看到的鲁艺出版科 1939 年 11 月初油印的《献给八路军的军歌合唱集》中收入的是 6 首歌曲：《八路军军歌》《炮兵歌》《子夜岗兵颂》《八路军进行曲》《冲锋歌》和《快乐的八路军》。

这也是现在能看到的《八路军大合唱》的留存歌曲。公木先生还曾回忆《八路军大合唱》中有句歌词是:"北有黄河,南有长江,波涛滚滚向东方……"不过这句歌词在现存《八路军大合唱》的 6 首歌中均未查到。但查阅历史文献发现,1943 年由公木作词、郑律成作曲的《我们的进行曲》(又称《反内战进行曲》),一开头就是"北有黄河,南有长江,波涛滚滚向东方。不管逆流多么猖狂,它不能阻挡! 不能阻挡!"不知这首歌是否是对《八路军大合唱》中的某首歌曲进行了修改,还是公木先生记忆有误。《骑兵歌》《八路军与新四军》和《军民一家》这 3 首失传的歌,以及"北有黄河,南有长江,波涛滚滚向东方。不管逆流多么猖狂,它不能阻挡! 不能阻挡!"这几句歌词,也算是《八路军大合唱》的一个历史谜团吧。

伴随着雄壮的旋律,《八路军大合唱》飞遍延安,飞出延安,飞向四面八方。作家管桦回忆说:"1940 年我参加革命,先跟区政府的同志活动了几个月,在冀东著名的盘山找到了八路军部队。我无限惊奇地看见战士们肩扛着枪,排着方形阵式,在远处传来的隆隆炮声中,粗犷豪迈地唱着:'向前向前向前! 我们的队伍向太阳!'仿佛被这歌声呼唤来似的,从那密树丛里走出的队伍,一边紧跟唱着'脚踏着祖国的大地,背负着民族的希望',一边走进方形队伍。从另一处山径上走来集合的战士们,挺胸迈着整齐步伐,用大炮一般的吼声唱着:'我们是一支不可战胜的力量……'深秋的太阳,越过山谷的上空,落进那些被它的光辉渲染成绚烂色彩的浓云里去。在身穿瓦灰色军装的战士们背后,苍黑中,横曳着鲜红的柿子和紫红色霜叶。一片浅蓝色暗雾,从那山谷同歌声一起升到天空:'听,我们的歌声多么嘹亮……'这支《八路军进行曲》无限生命之旋律,带着对伟大祖国深沉的爱,狂飙一般的勇气和无畏的战斗精神,填满了那个战火纷飞的无边无际的世界,填满了每一个战士的心。"[①]

公木一面酝酿创作《八路军大合唱》,一面思考了一些诗与音乐的关系问题,并在这期间,写了一篇《新歌诗试论》。这篇《新歌诗试论》的初稿是在郑律成同志的鼓舞与推动下写成的。它从古典诗歌的发展规律,来剖视和回答现代诗歌的创作问题。文章部分内容如下:

> 古代,诗即是歌,歌即是诗;后世,歌还是诗,诗不必是歌。所谓歌,包括徒歌与乐歌。凡成歌之诗谓之歌诗,凡不歌之诗谓之诵诗。诵诗从歌诗当中分离出来,又经常补充着歌诗,歌诗在诵诗上面产生出来,又最后演变为诵诗。二者同时存在,并行发展,又互相影响不断转化。这就是说,诗歌与音乐相结合,同时又相分离;诗歌与音乐分离了,以后又不断再结合。结合与分离,这两种趋势,是同时存在、并行发展,又互相影响、不断转化的。这一规律,在中国诗歌史上,表现得特别清楚,特别突出。在现代诗歌,即"五四"以来的新诗歌短短二十年间,也同样显著存在着,迅速发展着。这就是当前

---

① 管桦:《生命之旋律》,见《作曲家郑律成》,沈阳,辽宁人民出版社,1998 年,95 页。

的新诵诗与新歌诗。

诗歌与音乐,确实有分离的趋势,分开固不两伤;同时又有结合的趋势,合来还是双美。从一部中国诗歌流变史来看,结合以上这两种趋势,可以得出以下六点结论:

一、诗歌与音乐相分离,是基本趋势。在全部诗歌流变史中,诵诗是主流。每首歌诗,不论是乐歌,更不论是徒歌,同时都是诵诗。刘勰《文心雕龙·乐府》说:"凡乐辞曰诗,诗声曰歌。"这可称作"诗"的"乐辞",也便是诵诗。《汉书·艺文志》也说:"诵其言谓之诗,咏其声谓之歌。"又说:"不歌而诵谓之赋。"春秋时代的人于一定外交场合,每每"赋诗言志",即所谓"赋诗断章,余取所求焉"(《左传·襄公二十八年》),这岂不是把歌诗当诵诗应用了吗? 至于往后进一步演变,由口头创作的歌演变为书面著录的诗,更是适应着一定社会发展的艺术进步。诗歌从音乐的束缚中解放出来,成为语言艺术的一种独立形式,才得以把语言的功能充分发挥,发挥到精熟自然,发挥到淋漓尽致。中国古典诗歌的语言诗化过程,是在诵诗出现,并经过建安、盛唐的高度发展,才得以完成的。建安、盛唐,两个高峰,主要成就都在诵诗方面。这不是偶然现象,除社会历史的根源以外,它还受着诗歌本身发展规律的制约。

二、诗歌与音乐相结合,是另一趋势。结合、分离,再结合、再分离,分离了,又结合。循环反复,以至无穷。诵诗与歌诗,二者是平行的,后者又是前者的补充。在全部诗歌流变史中,歌诗是主导,原始诗歌是以歌的形式出现的,古代诗歌全部是歌诗。当诵诗从歌诗中分化出来以后,每个新的历史时期,每当一种新音乐出现,便要产生一种"倚声填词"的新歌诗:乐府、词、曲,便是这样形成的。在整个诗歌园地中,歌诗总是更灵活机动,更富有活力。这不只由于它"传达由口耳",需要更多地由口语中吸取词汇,更重要的是它往往由人民口头创作发展出来,每个时代的民歌总是每个时代新歌诗的重要组成部分或主要发展基础。乐府、词、曲都充分体现了这个特点。每个时代的新民歌本身便是歌诗,又是产生新歌诗以至新诗歌的源头活水。在全部诗歌流变中,它占据着主导地位,这岂不是自自然然、不言而喻的吗?

三、歌诗总是不断转化为诵诗。歌诗与诵诗都是语言的艺术,同时歌诗又是音乐的艺术。它是与音乐结下不解姻缘的诗,甚至是入赘给音乐的诗。但音乐的寿命又总是没它长,乐亡而诗存,乐声佚失,乐辞保留下来,这是历史上极通常的现象。(这是由于古代没有录音机,宫商律吕虽然研究得很精细,但记音符号似乎还比较粗疏,较之记录乐辞的文字,易于丧乱湮没、失传。这种现象到了近代,不复存在了。但是古乐寻声,至今却是难乎其难的。)所以四宫、骚体到了汉魏六朝(雅乐亡了),乐府到了唐宋(清商乐不存在了),词到了元明(燕乐没有了),曲到了现代(胡乐不见了),大都已不再是歌词,而变为一种诗体了。这就是说,前代歌诗,往往演变为后代的诵歌的某种格律形式,唐人的拟题乐府、明清的词、近人的曲,大都走着这条道路。

四、诵诗又总是经常在补充歌诗。诵诗是从诗歌中分化出来的,所以它还往往具有一定的音乐性。特别是在中国古典诗歌中,往往讲求某种或一定的节奏、韵律,甚至严谨的格律要求错综的声调,所以音乐家采取诵诗制谱,是非常便当、非常容易的。把诵诗入乐,或增添泛声,或重叠诗句,都是很通常的事。王维《渭城曲》:"渭城朝雨浥轻尘,客舍青青柳色新。劝君更尽一杯酒,西出阳关无故人。"原是七绝,是诵诗,但《阳关三叠》,却成为名曲,把它发展为歌诗了。这种办法,在今人更常见。音乐家曾广泛地为毛主席诗词制谱,郑律成同志也曾在这方面献出过诚挚、热诚的心血。这都是诵诗补充歌诗的范例。

五、尽管歌诗不断转化为诵诗,诵诗又经常在补充歌诗,但二者还是两个系统,在平行发展着。诵诗在一定语言基础上提炼加工来进行创作,供日诵,这是诗歌创作的主要途径;歌诗在创作时要兼顾着音乐的特性,供口唱或耳听,这是诗歌创作的辅助方法。虽然是辅助,每个时代总要产生与其音乐相符合的新歌诗,它往往最灵活,最生动,最富生机与活力。这两种趋势,在现代诗歌中表现得更突出、更显著。现代诗人有的主张:"诗不能借重音乐,它应该去了音乐的成分。"还说:"诗的韵律不在字的抑扬顿挫上,而在诗的情绪的抑扬顿挫上,即诗情的程度上。"这是把诵诗的特征发挥到极致的境地,但任何想把现代歌诗放逐出"诗的王国"的意图,都是片面地、绝对化地看问题,是不切实际的。鲁迅曾说:"我只有一个私见,以为剧本虽有放在书桌上和演在舞台上的两种,但究以后一种为好;诗歌虽有眼看的和嘴唱的两种,也究以后一种为好。可惜中国的新诗大概是前一种,没有节调,没有韵,它唱不来,唱不来就记不住,记不住,就不能在人们的脑子里将旧诗挤出去,占了它的地位……我以为内容且不说,新诗先要有节调,押大致相近的韵,让大家容易记,又顺口,唱得出来。"(《致窦隐夫》)又说:"诗须有形式,要易记,易懂,易唱,动听,但格式不要太严。要有韵,但不必依旧诗韵,只要顺口就好。"(《致蔡斐君》)看来在诵诗与歌诗之间,鲁迅是更倾向于歌诗的。新歌诗也确实在产生着,在形成着,在发展着,而且还要发展下去,这是毋庸置疑的。新歌咏运动在抗战救亡中如火如荼地展开,这不正好说明这判断吗?从创作的角度来看,由于现代音乐的普及,就歌诗同古典歌诗相比较,不同处在于"词然后谱"为正规,而以"按谱填词"做辅助。这就保证了它比古乐府、词、曲具有更广阔的前途。

六、诗与乐分分合合,合合分分,形成一段源远流长的中国诗歌流变史。每一时代有每一时代的诗歌。诗歌的发展变化,当然根源于社会历史的发展变化,决定于归根到底是由经济的原因所造成的社会生活以及政治的、法律的、道德的、哲学的、美学的、人民文化心理结构的发展变化。作为一种观念形态的文艺,包括诗歌在内,没有绝对的独立的历史发展,但却又有着为其特殊规律所制约着的相对独立的发展历史。就拿我们在这里所论述的诗与乐来说吧,为什么总是在分合转化,不断新生,又不断消灭;不断消灭,又不断新生呢?这中间有一个显著的现象,便是"生于民间,死于庙堂"。广大劳动人民蕴藏着永不枯竭的文化创造力量,那寄生的地主贵族老爷则是窒息艺术生机的秋霜。一代新的音乐与诗歌,总是在民歌基础上(这是人民的创造力量),吸收历史遗产(它主要是具有人民性的进步文人的功绩),又接受外来影响(在不同历史时期,具有极其不同的质与量,到现代诗歌,即五四新诗歌,外来影响则占了极端重要的地位,这是显而易见的)。总之,民歌基础、历史遗产、外来影响,这三者经过诗人文士(具有人民性的知识分子)的酝酿生发、加工提高而形成一代音乐与诗歌,以至一代歌诗与诵诗。而一旦到达为统治阶级服务的士大夫贵族文人之手,则变为歌功颂德、祭祖祀神的工具,艺术生命随之沦丧,作为一种艺术形式自然也就逐渐僵化了。于是在人民中间,便又产生出一种新的乐与诗,再度经过酝酿生发、加工提高。这叫"野火烧不尽,春风吹又生"。这是三千年封建社会历史中诗歌流变历史的规律。到如今,不同了,人民觉醒了,卢沟桥一声炮响,使得广大的音乐工作者与诗人们走向战场,同人民结合起来了。一代新音乐、新诗歌化成为震动云天的抗战歌声,它是通向胜利解放的歌声。它将在解放后的新中国得到发展壮大,再不会有"生于民间,死于庙堂"那种现象发生了。

公木自述这篇文章是在与郑律成同志共同构想《八路军大合唱》的时候写成的,是《八路军大合唱》的"副产品"。《新歌诗试论》得萧三赞赏,次年又由萧三转给周扬,周扬又转交艾思奇,拟在艾思奇主编的《中国文化》上发表,后《中国文化》停刊,论文没能发表。

就在创作《八路军大合唱》前后一两年的时间,公木和郑律成的个人生活也都发生了巨大的变化:一个收获了爱情,另一个却遭逢了一场婚变。

跟公木初次相见的那段时间,郑律成正在和丁雪松(新中国第一任女大使)恋爱。一天,丁雪松回到自己的窑洞,眼前忽然一亮,她看到全屋收拾一新,窗台上放着一瓶盛开的马兰花,桌上放着一本包着皮儿的书。翻开书的扉页,是《安娜·卡列尼娜》。送书人署名:郑律成。1939 年元旦前夜,丁雪松送给他一张印有雪松图案的贺年卡,他非常激动地说:"我找到一个志同道合的伴侣了。"

抗大三分校校长许光达的秘书任青远,是辛集市东小王村人,跟公木是辛集老乡。和公木一道工作的李洁(曾任故宫博物院党委书记)也是辛集人,他们都住在清凉山东坳里,朝夕相见,日子久了,熟识起来,便格外亲切,任青远称他俩老李、老张,他们管他叫小任。小任纯朴而活跃,热心机关俱乐部活动。公木在写于 1988 年的一封信中回忆:"当时原在我们宣传科工作的郑律成已调鲁艺任教,小任还时常邀他返回来教大家唱歌,招之即来,不招亦来。不但在机关,更频繁下连队,比原来在抗大政治部任音乐指导时还要勤快。这使我和李洁都感到有点蹊跷,小任笑嘻嘻挤眉弄眼说:'只要我轻轻拽一下磁力线,郑律成就一溜烟跑来了。你们有所不知,有块大大的电磁石在我们这里呢。'经过左盘右问,才弄明白:我们的女生队有位队长叫丁雪松,女生本来就喜欢唱歌,那段时间,郑律成原是瞄上丁队长了啊!小任好像是个机灵鬼,比我和李洁都神通广大。他还说:'我们这位丁队长,才貌非凡,不是高人一等,可攀不上。'这些咬着耳朵说的话,事后都应验了。由于我同郑律成、丁雪松夫妇深长的友谊,当年小任那一副神态,给我留下了很深的印象。"①

在郑律成收获爱情之后的不长时间,公木却遭遇婚变,受到很大刺激。他的妻子涤新到延安后,被分配到文化学

---

① 出自公木 1988 年写给王登普的信,该段文字是按信中内容所录。

校,给长征干部们补课,帮助他们学习文化知识。此校离公木所在的抗大较远,又都是山路,崎岖难行。虽说同在延安,两人也是聚少离多。作家李纳曾经回忆说:"公木和他的爱人同在鲁艺,还是不能见面。春节团圆,他爱人从我们窑洞搬去与他相聚,那高兴的情景我今天还记得。"①涤新和公木当时都不在鲁艺工作,估计是李纳记错了。但是,公木和涤新确实是分离很久才能见一次面。据说是每个星期天才能见面,如果临时有活动或任务,相聚就只有等到下一个星期了。偶尔聚到了一起,往往还没有待够,为了工作的需要又不得不匆匆分开。

当时延安男多女少(有人说是 18 比 1),聚集在此的又都是来自各地的精英。在长期分离的日子里,公木没有意识到,他的婚姻将要面临一场危机。涤新在文化学校结识了一位男同事,没多久两人相爱了,于是涤新向毫无思想准备的公木提出离婚,此时他们的儿子还不满一周岁。公木受到了极大伤害,失去了理智,他从抽屉里找出一支短枪,别在腰上,跨出办公室,向位于抗大南面的文化学校奔去。到学校门口,他气冲冲地拔出枪,瞪大眼睛四处找人,幸亏被几个身手敏捷的学员拦住。公木被送回抗大,受到警告处分。许光达校长和李逸民主任严肃地批评了他的鲁莽行为,同时也开导和安慰他,鼓励他振作起来。此时,公木写了一首《自己的

---

① 李辉:《与李纳谈周扬》,见《摇荡的秋千——是是非非说周扬》,深圳,海天出版社,1998年,137 页。

歌》,其中的诗句"绝望的遗弃与被遗弃底①痛苦,在毁灭底悬崖上的踟蹰",估计是在记叙他当时的心境。不过,最终还是理智占了上风,他写道:

> 白昼,
> 我以理性与意志合成的剪刀,
> 把昨天底葛藤铰断。
> 踏着现实的条石
> 铺成的坚实的大路,
> 在伙伴底洪流里,
> 奔向明天。
>
>
> ……
> 起来,投向阳光里!
> 起来,投向音响里!
> 起来,投向前进着的行列里!
> 负着我肥硕而又沉重的背包,
> 让我底步子,
> 踏得更有力些,更有力些呵!
>
>
> 把蒙在身上的尘土振落!
> 把蒙在灵魂里的尘土振落!

公木后来与涤新离婚,由于儿子幼小,跟了母亲。20 世

---

① 公木的作品中多处用"底"字,为保留原貌,不做改动。

纪 80 年代初,公木曾与当时担任四川音乐学院副院长的前妻重逢,随后他写了一首《成都》:"已逾随心欲,远游反若还。缘情森逝水,循理恍飞烟。宝塔文殊院,清凉武担山。铜镜衔黄鹤,古井不重澜。"似是在叙当时的感受。

第2章 兵写兵 写兵兵

　　1940年冬,公木申请调赴前方,回到家乡冀中军区去工作。除了家庭变故等因素之外,还有一个因素,就是同学兼同乡的时任冀中军区政治部主任孙志远同志来到延安,向公木介绍了冀中抗日根据地的情况,并向他发出了邀请。当时冀中抗日根据地位于平、津、保三角地带,有"平津门户""华北粮仓"之称,是中国共产党首创的平原根据地,在战略上具有重要意义。有人这样描绘当时敌我双方斗争的态势:在这块平得像地毯似的大约六万平方公里的土地上,四边围着平汉、津浦、石德、京山四条铁路构成的封锁圈,圈里分布着八千多座村庄。敌军在主要村镇建立了军事据点1 753个,路沟总长25 000余里,冀中抗日根据地因而被分割成2 670多小块。①

　　吕正操、程子华率领的部队,当时就在这2 670多小块的抗日根据地之间穿插战斗,"好像钢刀插在敌胸膛"。

　　公木的申请经抗大军委批准后,他便离开抗大,搬到总

---

① 黄薇:《〈风云初记〉不屈抗战精神的诗意表达》,载《国家人文历史》,2021(11)。

政,和孙志远等准备一起出发的同志们住在一起,他住在张
仲瀚的窑洞外间。准备结伴同行的有李梦龄、舒同、张仲瀚、
李之琏等十来位同志。

　　搬到总政之后,公木就去向萧三等诗友告别,也向延安
诗社的许多同志告别。这个诗社是公木、萧三等人共同发起
创立的,诗社编印的《新诗歌报》,因为公木在抗大政治部,所
以其刻写印刷及蜡纸、油墨、纸张的筹划都由他亲力亲为。
有时纸张不够了,公木就请许校长的秘书任青远从校长办公
室或是训练部调剂一些过来。对延安诗社的诗友们,公木有
着很深的感情。

　　此时公木的心里有着一种难言的沉重感,亢奋和依恋交
织在一起,撞击着公木的心,他激情难抑,挥笔写下《再见吧,
延安》一诗,其中写道:

　　　　再见吧,
　　　　一切紧握的爱与热,
　　　　熟识的温慰的笑,
　　　　燃烧的火炬的心;
　　　　……
　　　　笑红的脸像一朵朵裂开的榴花,
　　　　浮在滚沸的歌声和掌声里。

　　　　再见吧,
　　　　那排列在半山腰的窑洞:

你是我最好的相知——
感激的泪,疚心的忏悔,
抑或是飞跃的欢喜……
每一种难言的心绪,
对你都不曾有过丝毫的掩饰,
我对你朗诵了
诉说着衷曲的每一章新诗。

再见吧,
我手植的小白杨:
当我有时烦忧,
你的叶子发抖,
像疟疾患者;
而又总是那么轻快地歌唱,
伴着我底快乐。
你活泼地生长吧,
在新市场底山坡上,
愿你的枝干
也像新市场一样繁荣。
……

"像雄鹰一样地高飞吧,
不要在飞着的时候停止了!"

我默诵着卡拉姆金给普希金的赠言，

把依恋窒死在心里。

迎着风沙挺起了胸膛，

抬起头凝望着东方：

东方喷着愤怒的红云，

祖国正在燃烧呀！

……

而恰在这时，抗日形势发生了变化，中央决定暂停向敌后派遣干部。同窑洞的张仲瀚调任八路军三五九旅七一九团团长，后来参加了轰轰烈烈的南泥湾大生产运动。原来准备在"七大"开完之后就返回冀中军区的孙志远等原前线干部也都留下，公木自然也就走不成了。

前方既然去不成，公木便欣然受命。

军直①政治部坐落在总政②左边文化沟里，与西青救（西北青年救国联合会）和后勤部相邻。再深入进去，依次是卫生部、延安文化俱乐部、青年艺术剧院、军政学院、八路军大礼堂等。1941 年 5 月正式成立了军直政治部文艺室。

文艺室的成立，并没有举行什么典礼仪式，只是在一间窑洞里开了一个会议。十来个人各自搬来白木凳子，挨排坐下。会议开始，由邓飞副主任宣布文艺室正式成立。总政宣传科杨科长也从隔壁走过来向他们祝贺。公木也简单发言，

---

①　特殊年代的称谓，即中央军委直属的意思。

②　特殊年代的称谓，即中共中央军委总政治部的意思。

表示一定全力以赴,不辜负党和领导的信任,更不会忘记广大战士和干部的期待。这样,公木的生命行程中就开始了一个新的阶段。

文艺室里原有的几位同志都很年轻,朱子奇半年前还和公木一同在抗大政治部宣传科工作,方杰、李溪也是在不久前就认识了。晋驼和公木同龄,一年前由太行山调回延安政审,在后勤部供给学校教文化课。他对写小说着了迷,通宵达旦埋头写,废寝忘食。文艺室听说了这些,就把他调了过来,这也正中他的意。李洁是公木的老朋友,是同学又是同乡,大公木两岁,本来也和公木一道在抗大搞时事政策教育,也曾申请随孙志远一道回冀中,走不成了,便偕同妻子周若冰和公木一道调了来,他们结交且相知已经十年了。这样成立起来的文艺室,彼此都理解、信任,工作起来当然会是团结、紧张、严肃、活泼的。不足之处是感到人手少些。

文艺室虽然人不多,但人们心齐、热情高,决定做什么,说干就干,抢着干,不讲究上班下班,无所谓假期,各尽所能,全力以赴,充分体现了当时号召的"鼓干劲"。主要活动大致分为两个方面:第一个方面是走出去,到军直各单位去搞歌咏、演戏,开展文艺运动。文艺室成立后,他们着重组建通信组,把它当作重点,在各单位职工干部中挖掘创作人才。果然,发现了沙英、黄既、沈其东等一大批作家,并注重同他们加强联系。其中曾任卫生部部长的黄既是突出的,他当时在延安的白求恩医院做大夫,30年代初在北平大学医学院学习时参加左联,写小说和散文,1932 年冬为了筹办《文学杂志》,公木曾向他组过稿,有一面之识,所以二人谈得很投机,黄既表示愿意在业余时间再搞点创作。于是文艺室的同志把他看成军直的重点作家。第二个方面是,在文艺室内部,每个成员都要搞创作,写小说、散文、诗歌,以及翻译作品,不过,从总体上说,文艺室所有成员还是以工作为主,业余时间搞创作。他们主要做了这么三项工作:(1)创办了一个综合性的文艺刊物——《部队文艺》;(2)成立了一个文艺团体——鹰社;(3)置办了一个大型板报——《蒺藜》。为了开展这三项工作,文艺室的十来位同志绞尽了脑汁。《部队文艺》一面提倡"兵写兵",一面培养"写兵兵",是解放区内最早出现的以发表作品为目的的综合性文艺刊物,公木任主编。刊物用的是根据地自己生产的土纸,用铅字排印的,封面设计和装帧精巧美观,朴素大方。①

军直政治部文艺室距抗大政治部宣传科非常近,往返一趟几乎不到抽一支烟的工夫,走动起来相当方便。萧三主持的延安文化俱乐部的所有活动,公木几乎都参加,尤其是有关诗歌方面的活动。因在诗歌方面与公木有许多共同的见解,一次谈论美国诗人惠特曼时,萧三把自己仅存的一本1936 年英文版的《草叶集》赠给公木,嘱咐他:"我读不上口,希望你能够从中有所吸取。"公木后来翻译了惠特曼的《舰

---

① 公木:《540 天的延安生活》,见《公木文集》(第一卷),长春,吉林大学出版社,2001 年,717 页。

长,舰长,我的舰长》等诗篇,刊载在《新诗歌》上。

在延安举行的端午诗歌节座谈会上,公木曾和胡乔木同志争议过屈原是不是中国第一个诗人。胡乔木同志认为说"伟大的"可以,不能说是"第一个","三百篇的作者有许多是可以考察出来的:《载驰》是许穆夫人作的,《北山》——寺人孟子,《烝民》——尹吉甫,这些都比屈原早上好几百年"。公木的意思在维护屈原是中国第一个诗人的地位,却故意说:"那么,再往上推,在涂山之阳等候大禹的涂山氏女,等得不耐烦了,唱道:'候人兮猗!'史称其实始作南音,不更早了上千年了吗?"大家听着都当笑谈,说来说去,还是服从公议:屈原不愧为中国历史上第一位伟大的诗人。

公木与何其芳同志也就诗歌创作有过争论。他回忆说,何其芳作关于诗歌创作问题的报告,表示很难说清楚诗的创作是由内而外,还是由外而内的。何其芳侧重由内而外的,但是说着说着又仿佛是由外而内了。何其芳打比方说,诗思的袭来,就像挨了电击,像喷嚏、像冷战,一想要打,就非打不可。公木不同意这种观点,说写诗怎么是打喷嚏、打冷战呢?所以彼此争论了一番。但这种坦率的争论播下的是友谊的种子。

公木不喜欢夸夸其谈、攀龙附凤的做派,喜欢真诚务实的人生态度。在此期间,他还写了一首讽刺意味颇浓的《水》:

水掺入酒里，
水笑着吐出白沫：
"从此我也算作酒了！"

而自封为酒的水不能使人醉，
反累得被冲淡了的酒
为饮者所诟詈。

其实，世界假如没有水，
绿洲也要变成沙漠，
一切生命都将枯萎，
水又何必自惭非酒而脸红？

却偏偏有不甘淡薄的水，
自封为酒，并且以此为荣。
是的，也许借了这机缘，
攀登上豪华的盛筵，
接触到贵夫人唇边。

那么，这正是目的，
何必管饮酒者底诟詈！
什么是其生活最高的原则？
以骄傲而睥睨同类，

以特殊来掩埋自我。

祝福你装入酒坛的水，
你可以笑傲那汪洋的波涛了。

1941 年

第 3 章　难忘的座谈会

1942 年 4 月底,公木接到中央办公厅发来的一份粉红色的用油光纸油印的请柬:

> 为着交换对于目前文艺运动各方面问题的意见起见,特定于五月二日下午一时半在杨家岭办公厅楼下会议室内开座谈会,敬希届时出席为盼。此致公木同志。
>
> 毛泽东　凯　丰
>
> 四月二十七日①

会议之前,4 月 10 日,在中央书记处工作会议上,毛泽东同志正式提议并获准通过关于召开文艺座谈会的决定,拟就作家立场、文艺政策、文体与作风、文艺对象、文艺题材等问题交换意见。座谈会是以书记处书记毛泽东同志和中宣部代部长凯丰的名义召开的。请柬上也就署了他们两个人的名字。

公木看完请柬后,立刻召集来文艺室的战友们,说明情

---

① 公木:《540 天的延安生活》,见《公木文集》(第一卷),长春,吉林大学出版社,2001 年,728 页。

由，征询大家的意见："我需要带着什么问题去赴会呢？"大家你一言我一语，说了很多，中心就是：希望有更多作家下到部队来，重视"写兵"，培养"兵写"。

5月2日清晨，公木带着大家共同的心愿，挽起裤腿蹚过延河，兴冲冲地前往中共中央办公厅，参加延安文艺座谈会。

下午1时半，在杨家岭中央办公厅那幢石砌二层楼房的门口，公木看到毛泽东、朱德等中央领导同志正在一一与前来参加会议的代表们亲切握手。1980年7月2日公木在毛泽东文艺思想学术研讨会上回忆说："毛主席很客气，很热情，跟每个人握了手，与很多认识的人谈几句话，不认识的也挨个问几句话，使人感到亲切温暖。"①毛泽东当时并不认识公木，站在主席身边的周扬向他介绍说："公木，《八路军大合唱》的词作者。"②毛主席微笑着紧紧地握着公木的手说："写兵好，唱兵好，演兵好。"③

会场设在平时也当作餐厅的一楼会议室里，会场不大，不足120平方米，设备也很简陋。公木回忆说："当时连皮椅子也没有，只有一些凳子，还不够一人一个，很多人挤在条凳上，我记得朱总司令就挤在门槛上，胡乔木同志被挤到套间里头去了。"④当时的会场内，摆放着许多长凳、方凳和椅子，挨着会议室的门口横放着一张长方桌，一块白布铺在上面，

① 公木：《回忆与断想》，见《公木文集》（第六卷），长春，吉林大学出版社，2001年，582页。
② 同上。
③ 同上。
④ 公木：《延安整风和文艺座谈会》，见《新华颂》，长春，长春出版社，2021年，186页。

这张半新不旧的桌子就成了主席台。毛泽东两条裤腿上打着显眼的补丁,上身薄薄的灰布棉袄的肘弯处露出了棉絮。

杨家岭中共中央办公厅旧址,延安文艺座谈会在此召开(高昌摄)

时任中央宣传部代理部长的凯丰宣布会议开始,小小的会议室里,响起了毛泽东独特的、激动人心的湖南腔:"同志们! 今天邀集大家来开座谈会,目的是要和大家交换意见,研究文艺工作和一般革命工作的关系,求得革命文艺的正确发展,求得革命文艺对其他革命工作的更好的协助,借以打倒我们民族的敌人,完成民族解放的任务……"①

在会议大厅里,公木静静地听着毛泽东的讲话。毛泽东颇为风趣地说,我们"有文武两个战线,这就是文化战线和军

---

① 毛泽东:《在延安文艺座谈会上的讲话·引言》,见《毛泽东著作选读·战士读本》,北京,战士出版社,1983 年,377 页。

事战线。我们要战胜敌人,首先要依靠手里拿枪的军队。但是仅仅有这种军队是不够的,我们还要有文化的军队,这是团结自己、战胜敌人必不可少的一支军队"[1]。公木是以在编的部队文艺工作者身份参加这次座谈会的,所以毛泽东的话让他有深切的感受。

文艺座谈会会场内景

公木回忆,毛泽东发言之后,就让大家发言。参加会议的同志没什么顾虑,发言很踊跃。公木说:"会上发言当然也不会全部是正确的。有个别人甚至提出了非常不像样子的要求:'……我到晋西北去了一趟,没有马骑,还要自己扛行

---

[1]　毛泽东:《在延安文艺座谈会上的讲话·引言》,见《毛泽东著作选读·战士读本》,北京,战士出版社,1983年,377页。

李。'毛主席听了没有作声,大家也没理会。这说明当时在会上什么话都可以说。毛主席不是事先准备了稿子来作报告的,而是先听文艺界同志充分发表意见。错的加以批评,正确的给予肯定。"①

整个座谈会期间,毛泽东请大家吃了几顿饭——并不是小米饭,而是在延安难得见到的大米饭,佐之以红烧肉、红烧鸡!

许多人三三两两坐到食堂门口的山坡上,边吃边聊,算是休会期间的分组讨论吧,公木与延安文化俱乐部的萧三、边区文协的柯仲平三人自动结成一组漫谈。柯仲平同志慷慨激昂地大讲"普及",把"提高"当对立面,这引起公木的一点想法,他认为民歌体旧瓶装新酒,是普及;自由体需要创造性的语言,是提高。前者多用于叙事,后者更适于抒情。休息过后,继续开会,大家发言讨论。

何其芳在会中说:"听了主席刚才的教诲,我很受启发。小资产阶级的灵魂是不干净的,他们自私自利、怯懦、脆弱、动摇。我感觉到自己迫切地需要改造。"②这位曾经以《画梦录》获得 1936 年度《大公报》文艺奖的温情脉脉的诗人,1938 年 8 月到延安后,扔掉了忧郁感伤的调子,换上了一副高亢明亮的歌喉。他的发言,当时并没有得到一致称赞,据说有人还开玩笑似的对他说:"你这是带头忏悔啊!"公木则对何

① 公木:《延安整风和文艺座谈会》,见《新华颂》,长春,长春出版社,2021 年,187 页。
② 黎辛:《延安文艺座谈会相关的人与事》,载《新文学史料》,2012(3)。

其芳的发言很认同。他回忆说:"大众化的问题,也不是在开会时提出来的。毛主席开会前找过很多人,如周扬、萧军、艾青、丁玲等人。主席讲,你们成天讲大众化,从 20 年代讲到今天,但究竟什么是大众化呢？大众化就是我们文艺工作者的思想感情同工农兵群众的思想感情打成一片。而要打成一片,就必须向群众学习。可是过去一谈到大众化,就是指作品写得通俗一点,使大众能看懂。这当然是对的,但不是关键。过去讲的大众化往往带有化大众的味道。毛主席说,大众化的关键是先做学生,然后才能做先生。这样就全面了。何其芳同志对这个问题很敏感,他后来在会上发言,主要结合自己的出身、经历谈了如何转变立场和思想感情的问题,讲得入情入理,是心里话。"①

第一天大会发言的还有萧军、丁玲、胡乔木、周扬等人。会场气氛特别活跃,持各种观点的作家们围绕着文艺工作,纷纷发言,有的长篇大论,有的三言两语提出几点意见。因为进场时受到毛主席的鼓舞,公木也在会上做了"写兵、兵写——兵写兵、写兵兵"的表述,却自感到声音是微弱的,远没有在鹰社会议上讲得那么自然。毛主席身前的桌子上放着一摞纸,他一边听着大家的发言,一边在纸上认真地记着,时而微微点头,时而插上几句话。遇到有趣的话题,还和大家一起开心地大笑。

大家讨论到晚饭前才散会(另一说会议到晚上约十点半

---

① 公木:《延安整风和文艺座谈会》,见《新华颂》,长春,长春出版社,2021 年,188 页。

结束),散会后,公木就回他的部队文艺室去了。后来在一个月的时间里,又开过两次大会,用了两个整天,午饭也都是在杨家岭中央办公厅食堂吃的。

5 月 16 日第二次会议,全天讨论,也是争论得最激烈的一次。毛泽东始终在边听边记,偶尔插言,没有正式讲话。这次讨论会开得非常活跃,笑声、掌声、争吵声不断。有人提出文艺的基本出发点是人类之爱;有人认为人性是文艺的永恒主题;有人说还是杂文时代,需要鲁迅的笔法;有人提出文艺和政治都是为人民大众谋福利,彼此殊途同归⋯⋯

5 月 23 日,举行了最后一次会议。会场移到了中办楼外的空场,人们刚刚落座就见一辆大卡车开了进来,车上是水灵灵、红艳艳的西红柿。西红柿在当时是很稀罕的,据说是从前一个西班牙人从国外带来的种子,后来在延安桥儿沟引种成功,算是延安的特产。

整个下午的发言讨论结束后,摄影家吴印咸招呼大家到礼堂外边合影留念。前排坐小马扎,第二排坐长凳,第三排站着,第四排站在长凳上,第五排和第六排站在摆在台阶上的长凳上。一百余人①的合影照就这么随便站、随便坐地拍了。没有领导、群众之分,愿意坐哪里就坐哪里。公木的右

---

①　参加会议人数说法不一:一说"七八十人",见秦燕生:《〈在延安文艺座谈会上的讲话〉发表前后文艺界的一些情况简介》,载《文物》,1972(5);又见金紫光:《幸福的回忆》,载《北京文艺》,1977(5)。一说"一百人左右",见何其芳:《毛泽东思想的阳光照耀着我们》,载《文艺论丛》,1977(1)。一说是 134 人,见高慧琳:《群星闪耀延河边・前言》,北京,人民文学出版社,2012 年,6 页。但仔细数一下照片上的人数,是 106 人,其中一人只露出一顶帽子,脸部被前面的人遮挡住了。

侧是后来的中国少年先锋队队歌《我们是共产主义接班人》的曲作者寄明,左侧是剧作家于敏,前面是他在北京师范大学就读时的老师、历史学家范文澜,身后是音乐家杜矢甲,从毛泽东所在位置往后数到第三个人就是公木。当时他略低着头,脸上带着憨厚的微笑,小小的个子,瘦瘦的身影,挤在一个熠熠生辉的文化团体之中。这张照片至今悬挂在延安杨家岭中共中央旧址。

延安革命纪念馆主编的《延安革命史画卷》也提供了一份延安文艺座谈会合影者的名单,其中包括公木在内的89人的名字是没有争议的,其他人的名字则因为年代久远、画面模糊不好辨认或当事人记忆有出入等原因,则有些不同说法。另外,这份名单中的103人,也不全是参加会议的人员。因为参加合影的人并不一定就是会议代表。正式会议代表名单,是毛泽东委托李伯钊、周扬一起拟订的,经中央同意后,发出正式请柬。这些代表基本上都是参加革命并且当时比较有成就的文艺工作者。据公木回忆,参会者主要是党员作家,也有非党员作家。还有的作家比如高长虹受到了邀请,却婉言谢绝参会。另外,代表名单上的人也没有都参加合影,一种情况是从前线赶回延安,路途上耽误了;也有的人在拍照时出去了,没赶上拍照;有的人参加了前边的两次会,第三次会没有参加,合影时就没有,像吴亮平、吴奚如就是。据延安市文物研究所研究员姬乃军和姬睿考证,出席延安文艺座谈会的中共中央领导同志和有关方面负责人共17人,出席会议的作家、艺术家、记者、文艺单位负责人共 112 人。合影过后，大家吃晚饭，天色已经晚了，会议移到会场前的广场举行。工作人员用三根木棍支成架子，上面吊起一盏汽灯。人们围成一个椭圆形的大圈，毛泽东在中间做了总结，这就是今天人们常说的《讲话》（《在延安文艺座谈会上的讲话》）的"结论"部分。

公木晚年，尤其是 20 世纪 90 年代，几乎年年被邀写纪念《讲话》的文章。1992 年 5 月，他在《人民文学》发表过一篇《〈讲话〉百读感言》，他回忆说："除去'引言'和'结论'首尾相合为半天，大会发言，集中为两天半，分散近三周，多么紧张热烈持续进行的座谈！大言炎炎，小言詹詹，北调南腔，阔论高谈；从文艺本质，生活美学，'辩证唯物主义'的人生观，'批判现实主义'的创作论，到高呼呐喊'普及，普及，普及'，拍打着胸膛：'我要争天下第一！'以至歌颂、暴露、效果、动机、大众化、小众化、公式化、概念化、文艺统一战线、宗派主义典型，从爱出发……妙论风生，笑声盈耳。有时各抒己见，有时针锋相对。而给我印象最深的，却是一位诗人和一位学者的发言。诗人的讲题是'改造自我，改造文艺'。大意叙述了自己如何走出书斋，投向战地；如何放下画梦的笔，拿起杀敌的枪；如何同工农打成一片，努力写大众喜闻乐见的诗。话音不高，声调清浅，内容也平平常常。只是那稚气天真的神态吸引着众人，尤其是在座的中央领导同志，更尤其是毛泽东同志，笑容可掬地注视着倾听。学者却洋溢着激情发言,他打着手势说:'我们大家是一个整体,我们知识界是个合唱队。我们的大乐章:《新民主主义论》;我们的指挥:毛泽东同志。这歌声是挟着电火的霹雳,要响彻全中国,要震惊全世界!'他的话,更尤其是他的激昂慷慨、抑扬顿挫,博得一阵掌声,这是稀有的,在这个座谈会上一般不鼓掌,话虽短,却余音绕心弦。想着这些,往回看,我仿佛看到一条道路,一条弯弯曲曲的道路,一条闪烁着刀光剑影、沾染着泪痕血迹的道路。这就是五十年间我走来的道路,我追随前辈……导引后学一同走来的道路,跌跌撞撞却从未左顾右盼走来的道路。哦,我恍然若有所悟:《讲话》原来仅仅是指示出一条道路,更具体说,一个方向。道路是在一定方向上用脚踩出来的呀。道路必然越走越宽,越踩越实。方向不只是一条线,它更像是一个面,一个方向势必发展成为一个方面。道路无穷尽,方向永向前,生命意味着前面。……生命总是行进在道路上,问题只在于方向对头不?是不是属于向着未来的方面?"

公木回忆说:"毛主席的讲话针对性很强,根据大家提的问题,谈了自己的看法。例如,毛主席说讨论问题要从实际出发,不要从定义出发,就是有所指的。会上有一位同志在发言中就专门讲了文学的定义是什么,有什么特征,所以我们今天应该如何如何做,等等。毛主席就针对他这个讲法,说'这种方法是不正确的',提出文艺工作要从客观存在的事实出发,并分析了当时中国革命的实际情况。毛主席的话讲得很透彻,大家听了提高了认识。当然《讲话》中有些问题是毛主席点明的,例如为什么人和如何为的问题,这是《讲话》的中心,就是毛主席根据当时延安文艺工作者反映出来的问题,加以重点阐述的。其他关于源和流的问题,人性论、人类之爱的问题,写光明还是写黑暗,是暴露还是歌颂,要不要鲁迅笔法等问题,都是会上或会前提出来的,毛主席一一做了阐述。"①公木 1980 年 7 月 2 日回忆:"毛主席所指出的这些问题,在当时文艺工作者中间是不同程度存在的。比如我这个人,本来从小学时就学旧诗,平平仄仄是会的。上大学又入了中文系,读了点什么诗呀、词呀。可是到了 30 年代以后,参加了左联,认为文艺是宣传,封建的东西应该反对,这些旧诗、剧都被看成是封建的东西。到延安以后,看到几位老前辈组织了怀安诗社,虽然对这几位老人很尊敬,却认为他们写旧诗不值得提倡,对旧体诗抱有成见。今天也还有这种情况,《诗刊》发表点旧诗,好多写新诗的人提出意见。过去有一种错误的看法,把旧诗、京戏、中医等等都看成是封建的东西。毛主席费了多大劲,提倡中西医结合,长时期没有解决。现在大概解决了。旧体诗词,也如同中医,用中医反对西医,当然错误;反过来用西医反对中医也同样不对。新诗、旧诗,也是同样。这是闹不得宗派主义的。这个问题经过十多年的工夫,才在我的思想里初步解决了。"②公木认为,

---

①　公木:《延安整风和文艺座谈会》,见《新华颂》,长春,长春出版社,2021 年,188 页。
②　同上。

毛泽东的讲话在"大众化"的问题上,纠正了自己头脑中潜意识的"化大众"的偏向。也就是在这次座谈会上,毛主席第一次提出了文艺为工农兵服务的方针,对公木来说,这是一个新提法。而作为参加会议的唯一一个正式部队编制的"兵",他对这一提法感触更加深刻。公木认为毛泽东说出了"五四"以来革命文艺运动中积累的问题,说出了在延安和各抗日根据地与国统区文艺工作者中所产生的问题,说出了当时人们心中感到迷茫困惑的问题。

公木后来在回忆这次座谈会的《书怀》一诗中写道:

父母生身党给魂,骄阳霹雾炼精神。

披丹谛领一席话,颔笑嘉歌八路军。

没齿缅怀延水暖,有情永忆瀛风薰。

东方红续成三叠,脉脉铭戢寸草心。

第 4 章 在十里盐湾过年

青年作家蒋蓝的一篇优美的散文《盐湾晚唱》中有:"50 年代,著名作家公木来到了这里,写出了长篇小说《十里盐湾》。"不知道十里盐湾还有多少人记得当年来他们这里闹秧歌的那个年轻人。如果蒋蓝能够看到我这本书,就会发现,其实《十里盐湾》是人民文学出版社 1953 年 2 月出版的一本定价 1 900 元(旧币。此处指第一套人民币)的诗集,不是长篇小说。

这本书,要从 1944 年冬天说起。

1944 年冬天,鲁艺戏音系派孟波、刘炽、于蓝、唐荣枚四位同志赴绥德地区闹秧歌,公木本来不是他们系的,但他们闹秧歌需要一个写词的,虽然公木不会跳也不会唱,但他会写词,于是他主动要求跟戏音系的四位同志一起去。到了绥德,孟波等人去了葭县(即今佳县),公木和刘炽去了子洲。转过年来的春节,他俩也是在子洲度过的。公木在双湖峪(即子洲县城)等地采集了大量的陕北民歌,并和作曲家刘炽一起来到子洲县的十里盐湾。

陕西省子洲县是 1944 年 1 月份建立的,是以革命烈士李子洲的名字命名的,是陕甘宁边区的一部分。这个县是由绥德、米脂、清涧、横山四县的各一部分组成的,位于陕北中部,一条大理河从境内穿过。以地理故,这里的民间文艺和民间习俗在陕北很有代表性。

1943 年 12 月,子洲县即将建立之时,来了延安鲁艺文学院、鲁艺工作团的贺敬之、于蓝、孟波、刘炽等一行 42 人,公木也在其中,团长是张庚。他们在子洲一边采集民歌,一边为群众演出,很受群众欢迎。

十里盐湾,是从水浇湾、马蹄沟到三皇峁薛家崖的十里平川,这里盛产井盐。制盐业是当地百姓的生命线,也是地方财政的主要收入,有"十里刮金板"之称。小理河河床下数十丈深的岩层中,流淌着的是亿万年来形成的,也是十里盐湾百姓赖以生存的一股股盐脉,盐湾人世代在这里凿井、取卤、熬盐,在这块土地上繁衍生息,打发着各家的日子。据史书记载,明朝即开采井盐。这里一个盐井又一个盐井,一块盐滩连着一块盐滩,数百名盐工整天忙忙碌碌。公木回忆说,这里的人们把盐的生产过程叫种盐。种盐的方法是,先凿盐井,深约十数丈,如一般水井,井上安置辘轳,一眼井可以安置三副到六副,每副辘轳由两人负责操作,把井水汲上来,然后再把井水担到河滩上用马勺泼洒。河滩弄得很平坦,像一块块种菜的园地,当地人管它叫盐滩。经过风吹日晒,几天之后,蒸发掉水分,把盐滩的土敛起来,叫盐土。过滤的水,即盐水。把盐水担到筑有盐笼的锅窑去,放入大缸中,然后一次一次放进锅里用火熬,熬过两三天就结出食盐来了。盐色洁白,颗粒很大。这样种盐,四季不停,不过夏天多雨,冬天覆雪不化,就会妨碍生产,只有春秋是忙季。每人一年平均产量约三十石。

每天凌晨鸡叫三遍下盐田,晚上八九点上足煤回家,盐农一干就是十几个小时。黄土高原的庄稼人盼下雨,下雨他们就有收获;盐农们则盼天旱,特别喜欢三伏天正午的太阳,此时洒出的盐水蒸发快,收获大,因此他们的皮肤比普通农民更黝黑。盐工劳动强度大,生活很艰苦,加之盐滩、盐井、盐锅都为盐主所有,盐工为盐主干活,饱受盘剥,苦不堪言。据公木介绍,盐井和锅窑的主人叫东家或掌柜的,种盐人叫伙计或盐工,一切生产资料归东家所有,伙计住在自己家里,吃自己的。种出盐来,东家与伙计按一定比例分。每年农历五月初五端阳节,杀牲唱戏,祭祀盐神,东家请伙计吃一顿饭。但一般伙计并不把这一天看作节日,而称其为“鬼门关”,因为来年东家是否还要继续雇用他,就在这天决定。如果不再雇用,就通知他七月十五日算账。在当时,穷苦人生产没地种,住宿没窑洞,生活靠揽工,被解雇就意味着生路被截断了。在当时,东家们惯于用这种方法来刁难、压迫盐工们,以达到加重剥削的目的。所以,公木的《盐工曲》中说:“五月里来五端阳,掌柜的笑脸恶心肠;伙计眼里泪汪汪,长出一口气儿慢吞吞讲,只要河滩撂不下,来年还叫我种上……"这就反映了盐主对盐工刁难的事实。

子洲解放后,实行减租减息,盐工生活大大改善。当时公木 34 岁,留着胡须,头发有点长,笑声朗朗,平易近人,很受盐工们的欢迎,盐工们都亲切地称呼他"老张"。很快,公木就结交了不少盐工朋友,柴庆堂、吴继明、郭富财都成了他很好的朋友,他还在陕甘宁边区的劳动英雄郭富财家住了好多天。据说红军将领刘志丹为争夺陕甘宁唯一的产盐地,在这里与国民党打了著名的三皇峁战役,这场战役打了三天三夜。盐工们向公木讲了刘志丹打三皇峁的故事、国民党如何盘剥盐民的故事、国民党绥德专员何绍南如何被驱逐出绥德的故事,一个个有声有色的故事,使公木有了创作灵感。

据公木回忆,他和刘炽同志大部分时间住在子洲县(好像是镇子上),后来就住在水浇湾(郭富财的村子里)。歌唱的几位盐工兄弟,当时都很熟,在郭富财家住了不少日子,柴庆堂、吴继明都成了好朋友。据种盐英雄郭富财的子女们回忆,当年在他们家里住的公木、刘炽,和他们一家老小相处得很好,两位"鲁艺家"(乡亲们对鲁艺人的称呼)平易近人,尊老爱幼,经常给他们讲故事,讲革命道理。公木有时学着说陕北方言,说得不大准确,常常逗得大家捧腹大笑。有时公木的诗歌创作出来,一家老小又是最早的读者和听众,他谦虚地征求意见。有时说着说着就唱起来了。刘炽更活跃,常常手端着饭碗就扭起了陕北秧歌,唱起了信天游,至今那优美动听的歌声仿佛还在耳边回荡,活泼轻盈的舞步常浮现在眼前。

公木对十里盐湾这块土地进行了"深耕细作",他走遍了十里盐湾,转了每个盐井,用脚步丈量了每一块盐滩,走家串户,访贫问苦,和盐工们吃住在一起,劳动在一起,完全与盐工打成一片。他还帮助盐工们出墙报、编节目,为盐工们写出了一首首感情真挚、内容丰富、思想健康的新秧歌词,由刘炽配上陕北民歌的曲调,有时也稍稍改变一下曲子,使之更适合演唱。有时秧歌队合唱,有时刘炽领唱,秧歌队跟唱,那熟悉而优美的曲调,通俗易懂的唱词,一下子征服了十里盐湾的父老乡亲,人们纷纷看新秧歌、夸新秧歌,古老的陕北民间艺术之花,获得了新生,十里盐湾沸腾了。在公木和刘炽的带领下,新秧歌第一次扛起了象征中国共产党率领工人、农民走向光明、走向胜利的锤子和镰刀,改变了几千年由伞头领秧歌的传统习惯;打破了"好女不观灯"的禁忌,改变了几千年来男扮女装、妇女不能闹秧歌的封建意识,妇女第一次登上了秧歌场子,为妇女解放奠定了基础;工农兵英雄形象第一次在秧歌队中出现。同时,还一改传统的闹法。新秧歌首先是给陕甘宁边区劳动英雄郭富财、蔡自举、鲍亮升拜年,其次是给驻军机关拜年,然后给群众沿门拜年。在内容上也是彻底革新,旧秧歌大多是祈求神灵保佑,招财进宝,而新秧歌却是歌颂共产党、八路军、英雄模范人物,宣传时事政治,从而激发人民群众热爱共产党、拥护八路军的感情,鼓舞人民的斗志。

　　盐工的秧歌队闹红了十里盐湾,十里盐湾的老百姓争着请公木和刘炽吃年夜饭。公木的创作热情更加高涨,他文思如泉涌,一篇篇秧歌词一挥而就。公木创作的秧歌词内容丰富,有直接反映盐工的苦难生活的:"十冬里北风灌空肠,六夏里太阳烙脊梁,马勺勺里撒星星,水桶桶里担月亮。"(《盐工曲》)还有:"熬一锅白盐熬一锅汗,撒一勺清水撒一勺泪。"(《十里盐湾》)也有揭露盐主盘剥盐工的:"人人都说种盐好,种盐人苦处谁知道。这行营生利不小,掌柜的肥了咱瘦了……胡子一撅饭到口,掌柜的为啥这样牛,只因为肥肉吃瘦肉,只因为黑手套白手。"(《人人都说种盐好》)也有鼓舞盐工斗争的,如:"盐神神本是个泥疙瘩,要你盐神神干什么?老天爷和掌柜的原是一家,我一脚把你踢垮吧!"(《问天》)其中部分歌词至今仍在当地流传。20 世纪 80 年代,子洲县委宣传部热心的姜茂林同志还曾把当地传唱的歌词复印寄给公木。

　　公木和刘炽一道在子洲县的十里盐湾住了两个月。公木用自己的歌歌唱了十里盐湾,而他自己更从十里盐湾学习了不少关在书斋里学不来的东西。他在 1953 年发表的长篇叙事诗《共产党引我上青天》,就是用信天游形式写成的,写了阎嘉平的一个姑娘阎凤兰如何追求婚姻自由、参加红军的故事。诗人说这是用子洲县双湖峪采集来的素材编写成的。诗中说:"天上的云彩一朵朵,闹起革命跟哥哥。哥哥头顶一颗星,共产党引我出火坑。哥哥身穿一色蓝,共产党引我上青天!"正像他自己说的那样:"在那些日子里,我们沉浸在陕北民歌的海洋中,深深叹服于那些民歌的纯朴、优美、热情、有力而又无限丰富;尤其使我们狂热的,是'信天游'。"

据陕西师范大学文学院教授钟海波在 2022 年第 1 期《新文学史料》发表的《延安鲁艺师生的下基层活动》一文中说:"公木和刘炽在子洲十里盐湾下乡时,从盐工那里获得了关于卤水有毒的知识。《白毛女》创作中编排进了杨白劳喝卤水自杀的细节。这一细节处理极具生活表现力。"可见十里盐湾这段下基层的生活,对鲁艺师生集体创作的歌剧《白毛女》也有贡献。

公木在子洲为盐工秧歌队编写的一些唱词,经过整理,编写成了一本民歌体诗集《十里盐湾》,中华人民共和国成立后陆续在《人民文学》《群众文艺》等杂志发表,1953 年由人民文学出版社收集出版。其中选了 7 首在十里盐湾写的诗:《盐工曲》《人人都说种盐好》《问天》《三皇峁》《种盐英雄郭负才》《十里盐湾》《十瓢水》。据公木介绍,当时他写的本来不止这几篇,也写过一些唱词,唱后就扔掉了,没有保存下来。

公木说"《十里盐湾》这些歌词,都是写真人真事的",姜茂林先生 20 世纪 90 年代曾经考证过,并"把一些事实和诗中提到的几个主要人物的简要情况介绍给读者":《种盐英雄郭负才》应为郭富财;《十里盐湾》中"南路闪上来个张文正"应为张文直;"柴庆堂来吴纪名"应为吴继明;"水交湾里高山畔"中的交字应为浇;"马家沟修起新民寨"应为"马蹄沟修起新民寨"。①

种盐英雄郭富财,生于 1890 年,祖籍子洲县王川口乡(1949 年前属米脂所辖),逃荒到了马蹄沟镇水浇湾村,给盐主姜白业揽工三十多年。1938 年十里盐湾建立起工会,他为主要负责人,后被评选为陕甘宁边区种盐英雄,曾受到毛泽东、朱德等中央领导同志的多次接见和嘉奖。1954 年病逝。

张文直,陕西省葭县人,有胆有识,讲话干脆,声音洪亮,1938 年冬从延安来到十里盐湾,领导盐工与国民党盐局和盐主进行斗争。1939 年 5 月 7 日千余名盐工包围了盐局,高呼口号,掀起反抗浪潮,盐局官吏连夜逃跑,盐局倒闭,盐主与盐工的分成比例随之改变,由对半分成改为四六分成,斗争取得了初步胜利。40 年代初他离开了盐湾,再没有回来过。

柴庆堂,长期担任马蹄沟盐业队的支部书记,默默无闻地为党和人民工作了大半辈子。

吴继明,40 年代初就参加了王震领导的三五九旅,一直随军打仗开进新疆。新疆解放后,先后任和田县委书记、和田专区副书记等职。

公木生前,尤其在晚年,想重访十里盐湾,可惜一直没有成行。但他心里一直惦念着这一方热土。

---

① 姜茂林:《公木先生与十里盐湾》,载《榆林日报》,2021-08-28。

第5章 《陕北民歌选》的编选

延安文艺座谈会之后,广大文艺工作者深入边区各个角落,向工农兵学习,学习民间艺术,对陕北民歌进行收集整理、加工和创作,使陕北民歌进入了一个全盛时期。文艺工作者进行了大规模的民歌采风活动,仅鲁艺一家就收集记录了陕北民歌数千首。公木负责的抗战文艺资料室就是鲁艺专门成立的研究机构。

文艺工作者用陕北民歌曲调填词,创作了很多深受群众欢迎的新民歌,如张寒晖用陇东民歌《推炒面》的曲调,填词创作了著名的《边区十唱》。除此之外,新民歌还有安波的《欢送抗日军》《拥军花鼓》、高敏夫的《打得日本强盗回东京》《送郎上前线》《献给八路军出征将士》等。这时期的民间说书艺人韩起祥也积极创作新书,并整理出版了《刘巧团圆》。

公木和文学系主任何其芳在一间窑洞里工作,一起进行《陕北民歌选》的编选、注释工作,并将其作为鲁艺民间文学课程的教材。这样一边教学一边整理,经过六七个月的忙碌,终于把这本陕北民歌的选集大体确定了。

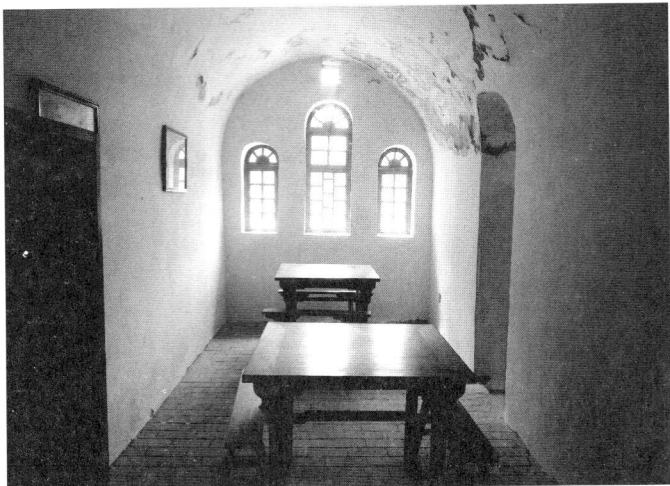

鲁艺文学系教室内景(高昌摄)

　　鲁艺的老师和学员多次到陕北和其他毗邻地区去,一面参加社会斗争体验生活,一面采集流传于人民群众中的作品,而从农村采集来的民间文学作品,便汇集到后来成立的由公木任主任的文艺运动资料室加以整理和保存。这个资料室的具体工作之一就是把鲁艺的同志在陕北收集到的民间文学材料加以整理,编为选集。由于民歌材料最多,他们就先从民歌着手。《陕北民歌选》这部民歌选集,大体以反映陕甘宁边区一带人民生活为主,有些民歌虽说是从别的地方传来,但已然在边区群众中广泛流行,因此也被选入其中。这本民歌选实际上应该是陕甘宁边区民歌选,但"陕北"一词既然常常被拿来概括整个边区,他们也就使用了此名。全书共分五辑:前三辑为传统民歌,后两辑为新民歌,即当时新编唱的民歌。第一辑"揽工调",共 12 首,反映了劳动人民被剥削的痛苦和他们的劳动生活。第二辑"兰花花",共 18 首,其内容大多是反映封建社会妇女的痛苦生活,也有歌唱男女爱情的内容。第三辑"信天游",共 293 首,分三类:其一为农民情歌类 233 首;其二为不满旧式婚姻类 35 首;其三为杂类。第四辑"刘志丹",包括革命民歌 24 首,新内容的信天游 46 首,大多数是第二次国内革命战争时期的新民歌。第五辑"骑白马",共 13 首,主要是反映抗战和边区建设的,其中也有对国民党的揭露。

1945 年 8 月,日本宣布无条件投降。在延安,消息传来的那天晚上,无数的灯光在一层层、一排排的窑洞里亮起来,人们找出旧布片、旧棉花,扎成各式各样的火把,在街上游行。8 月 24 日,延安文化界百余人举行欢送会,欢送即将开赴前线的两个文艺工作团——华北文艺工作团和东北文艺工作团。公木参加了以舒群同志为团长、以沙蒙同志为副团长的东北文艺工作团,全团共 60 余名成员。另一队是以艾青为团长的华北文艺工作团,全团共 50 多人。在欢送会上,边区文协副主任丁玲致辞,并代表"文抗"(即中华全国文艺界抗敌协会)鼓励去前线的同志们要牢记毛主席延安文艺座谈会的讲话精神,努力为广大的工农兵服务。

话题还回到《陕北民歌选》的编选工作上来。因为当时处于战争环境,诗人何其芳曾经两度被调往重庆工作,公木也在 1945 年 9 月初去东北工作,所以他们都没有看到《陕北民歌选》的第一次出版。何其芳把《陕北民歌选》的编定稿交程钧昌同志,嘱托他在有机会出版时由他写一篇编选例言。直到 1947 年 10 月,何其芳调到晋察冀边区,才知道《陕北民歌选》已由程钧昌交晋察冀新华书店出版,而程钧昌已去世。何其芳第二次离开延安后,程钧昌曾遵嘱于 1945 年 10 月写了一篇《陕北民歌选·凡例》。他不仅交代了书中材料的来源,也写了先后参加编选工作的人员,特别是提到了几位并非鲁艺的文艺工作者:"(《陕北民歌选》)材料来源主要是中国民间音乐研究所的同志们几年来所采录的歌词,鲁艺文学系和其他文艺团体的同志们也供给了我们一部分。其中也有很少一部分是我们直接由农民口中采录的。这些材料部分地曾先后经过张松如、葛洛、厂民(即严辰——引者)、舒群等同志的初步整理。全部歌词的最后写定、选择、编辑以及注释的工作则由何其芳负责,张松如、程钧昌、毛星、雷汀、韩书田参加。附录中的曲调是请鲁艺戏剧音乐系的李焕之、张鲁、马可、刘炽等同志写的。"在 1949 年 7 月新华书店版的凡例中记载,参加初步整理工作的还有李雷、鲁藜等。《陕北民歌选》被民间文学专家称为"20 世纪 30 年代末到 40 年代中期延安鲁迅文艺学院师生和延安文艺界深入民间直接从老百姓口中采风的集大成之作"。

1949 年后,成立了中国民间文艺研究会,编辑出版民间文学丛书时,何其芳应邀把他手中保留下来的一份《陕北民歌选》手稿校阅了一遍,做了一些字句上的校勘和注释上的增改,各辑先后也略做变动,并为这个重印本写了一篇代序。他说:"虽说也临时看了一些过去没有看过的民歌材料,代序中的主要论点却都是在延安时研究的结果,就是说仍然是相当简陋的。至于字句上的校勘和注释上的增改,除了根据张松如同志的意见和我保存的一份草稿而外,又曾请在陕西生长的柳青同志、李微含同志就原书校勘过一遍,并最后向马列学院的陕北同志高朗山、李之钦、王朗超、王琼做过口头调查。中国民间文艺研究会的贾芝同志也为这本书的校正重印花了一些时间,有些有疑问的地方,曾代为调查。附录的曲调则是请马可同志代校的。"收入中国民间文艺研究会主编的"民间文学丛书"时,征得了原鲁艺的负责人周扬的同意,将编者改为何其芳和张松如(公木)二人。何其芳的《重印琐记》里写道:"回忆我们过去对于陕北民歌的词句的写定,每篇的去取、编辑的体例以及注释的工作,也是经过反复的考虑或再三的调查的。但这次校阅,仍发现有许多不妥之处。我们几个参加编选的人都非生长在陕北,这增加了工作中的困难。我解决这种困难的办法主要是依靠多次地向陕北同志做调查。我认为整理民间文学作品和利用民间文学的题材来写作是两回事情,不能混同的。整理民间文学作品应该努力保存它的本来面目,绝不可根据我们的主观臆测来妄加修改。虽然口头文学并不是很固定的,各地流传常有些改变,但那种口头修改总是仍然保持民间文学的面貌和特点,而我们根据主观臆测甚至狭隘观点来任意改动,却一定会有损于它们的本来面目,对于后来的研究者是很不利的。"

鲁艺师生们在民歌采录整理工作中遵守着三条原则:一是"忠实地记录"。"若是民歌,最好把谱子也记下来。本地人搜集本地民间文学那是最理想的。若是外省人,不能记的字句可以用拉丁化记,但应加解释,鲁艺音乐系搜集的民歌,因用拉丁化记的部分未加说明,后来写定时很费事。"① 二是"民间文学既是在口头流传,就难免常因流传地区不同与唱的人、说的人不同而有部分改变或脱落。我们在采录时,同一民歌或民间故事就应该多搜集几种,以比较参照"②。三是"在写定民歌时,字句不应随便改动增删"③。碰到不懂的地方时,要多做调查,要多比较几种记录稿。民间故事虽然很难一字一句保存原来面目,但也应基本上采取一种忠实于原故事的态度。"若系自己改写,那就不能算是地道的民间文学,而是我们根据民间文学题材写成的自己的作品了。"④ 这些原则,既是陕北采风时的原则,也是从民间文学的实地调查采录中得出的经验,因而是科学的,有田野作业支持的。民间文学研究家刘锡诚说:"无论是从搜集和写定的角度看,还是从学术史的角度看,《陕北民歌选》都是中国现代民间文学学术史上的一个成功的个案,至少在 20 世纪前 50 年中,还

---

① 何其芳:《从搜集到写定》,见《何其芳文集》(第四卷),北京,人民文学出版社,1983 年,148~149 页。
② 同上。
③ 同上。
④ 同上。

没有一例可与之媲美。"①

　　1942 年,公木曾经在《再见吧,延安》中写道:"东方喷着愤怒的红云,祖国正在燃烧啊! 是谁在呼唤:走啊,走啊,走啊……向战斗,向战斗! 到黄河去,到华北去……"可是到了1945 年秋天的时候,真的要离开延安了,他的心里百感交集。从 1938 年 8 月底到达延安,到 1945 年 8 月底离开,跨度整整长达七年。他自己将在这里的生活分成三大步:第一步在"抗大",两年半,约略 900 天;第二步在军直,一年半,约略540 天;第三步在鲁艺,三年,约略 1 080 天。总共 2 520 天。公木曾经深情写下过"焦渴难禁思延水"的诗句。那绵绵的延河水,有迷人的浪花,有浩荡的波澜,也有旋涡和激流险滩。

---

① 刘锡诚:《何其芳民间文学观》,载中国民俗网,2009 年 8 月 26 日。

第6章 颂歌响起来

离开延安之前,参加了鲁艺的告别联欢会后,公木首先来到延安保育院,看自己的儿子许加。公木离婚后一直单身,此时又要离开延安了,所以准备把儿子带到东北一起生活。许加那时已经快七岁了。在延安白求恩国际和平医院出生时8斤多重的那个小胖子,如今已经长高了。延河边有一个很深的山沟,保育院就在进山沟后右边的半山坡上,那里的人住的都是窑洞。每天三餐孩子们都能吃得饱饱的,有时还有鸡蛋、肉等,这在当时的环境下是很难得的。只是可以换洗的衣服很少,孩子们也很少洗澡。看过电影《啊!摇篮》的人,就会了解他们那时的生活。在保育院时,许加的身上、头上长了疥疮,当时也没有什么药物医治,保育院阿姨找到偏方,用火烧小米糠,然后把烧出的米糠油每天涂在许加身上和头上的患处,涂均匀以后,让许加站在烈日下暴晒,就这样,许加的疥疮被慢慢治好了。由于保育院的条件有限,孩子们没有任何玩具,也没有做游戏的地方,阿姨们想方设法给孩子们带来快乐,在院子里刨出一个坑,放上几只小白兔,小兔子在坑里又刨出了许多坑,生出一窝窝的小兔子,孩子们常常围在坑边,看着兔子跳出跳进;在春暖花开的季节,阿姨带着孩子们去爬山,蓝天、白云、灿烂的阳光,满山遍野都是五颜六色的野花,蝈蝈儿、蟋蟀躲在草丛里此起彼伏地鸣叫,大自然赐予的美景让孩子们陶醉。他们跟随阿姨在山上采集野花,追逐蝴蝶,玩儿得热火朝天。前方的炮火连天在这里没有半点痕迹。许加就在这样的环境里生活到六岁多。许加后来回忆说:"那是一个早晨,天气很冷,刮着凛冽的北风。我们正在窑洞里吃早饭,保育院的阿姨叫我出来,说有人找我。在我的记忆里,当时觉得父亲的身体虽然黑瘦,但却很高大。再加上在这之前我脑子里没有一点父亲的印象,所以感到眼前的父亲很陌生。在父亲问我愿不愿意跟他走时,我望着父亲怯怯地摇了摇头。父亲见我穿得很单薄,冻得直流清鼻涕,把自己脖子上一条黑色的围巾摘下来,蹲下围到了我的脖子上,然后把我交给阿姨,几步一回头依依不舍地走了。当时年幼的我不懂,现在回想起父亲临别时看我的那一种眼神,我想那时候父亲的心情一定是非常难过的。"[①]

以上是公木个人生活中的一个细节。

1945 年 8 月 31 日,公木与参加东北文艺工作团的全体成员,在延安留下一张具有纪念意义的合影。9 月 2 日,公木与东北文艺工作团的全体成员从延安出发,向东北进军。几

[①]　张菱:《我的祖父——诗人公木的风雨年轮》,北京,中国广播电视出版社,2004 年,138 页。

千里的路程他们全部是步行,一路走一路唱,走了 50 多天,平均日行 30 多公里,多时达到 50 多公里。东北文工团以鲁艺为中心成立,舒群任团长,沙蒙任副团长,后改名为东北文工一团。该团有舒群、沙蒙、田方、于蓝、张松如(公木)、华君武、刘炽、张守维、杜粹远、何文今、李百万、林农、颜一烟、严文井、纪云龙、王家乙、李凝等。后来,沈阳、本溪、大连、齐齐哈尔又有一些同志加入了文工团。延安青年剧院全体人员也赶到东北,组成东北文工二团。文工团徒步横跨陕西、山西、河北、热河、辽宁五省,于 1945 年 10 月抵达沈阳。

他们一路上说说笑笑,歌声不断。公木在行军途中曾写过一首短诗《出发》,诗中写道:

……

我们出发:

从延安,从毛泽东的检阅台前,

从毛泽东高高伸出的手臂下。

迈开弹性的阔步,

向四面八方,

向全中国。

……

这首诗的开头两句便是:"共产党,像太阳,照到哪里哪里亮。"结尾是:"哪里有了共产党,哪里人民得解放。"据公木回忆,这是在唱《移民歌》时顺势联唱下来的,没想到会成为后来的《东方红》的一个唱段。在行军途中,为了排遣一路行军的枯燥,曲调朴实优美、歌词朗朗上口的《移民歌》被同志们反复传唱,有的人在唱完第一段之后,又编了一些新词接连着唱下去。

《移民歌》创作于 1944 年 2 月,是葭县移民队移民延安途中,由当地歌手李增正创作的(关于《移民歌》的作者有多种说法,此处取《陕北民歌选》中的说法),此歌又叫《毛主席领导穷人翻身》。全词共有九段。当时边区政府号召葭、吴、绥、米等地的贫困农民向南移民开发荒山。葭县张家庄的李有源、李增正叔侄也属移民对象。他们在南下路上编了《移民歌》,当时《绥德日报》《群众日报》都报道了这件事。1944年 3 月 11 日的《解放日报》在《移民歌手》这篇文章中,全文登载了李增正编写的九段歌词。这首《移民歌》曾被多位延安的文艺工作者通过不同途径采录下来,后来被收进公木与何其芳共同编写的《陕北民歌选》一书中。

10 月 24 日,东北文工团到达沈阳,文艺工作队为了向当地群众宣传党的政策,打算一两天后召开祝捷会,所以需要准备一些节目。大家想到《移民歌》中有歌颂伟大领袖的句子,决定把它改成一支可供演唱的歌曲,于是公木、刘炽、雷加、严文井、王大化等几位工作队的同志聚在一起参与歌词创作,由公木执笔负责记录,大家你一言,我一语,凑成了四段,之后公木又对歌词进行了整理:

　　东方红,太阳升,
　　中国出了个毛泽东。

他为人民谋幸福，

他是人民大救星。

毛主席，爱人民，

他是我们的带路人。

为了建设新中国，

领导我们向前进。

共产党，像太阳，

照到哪垯哪垯亮，

哪垯有了共产党，

哪垯人民得解放。

共产党，老百姓，

民主联军子弟兵，

军民合作心连心，

保家卫国享太平。

　　歌词第一段保留《移民歌》原词，将"谋生存"改为"谋幸福"是公木的建议。第二、三、四段歌词全部是新填上去的。第三段歌词在编写时，把"哪里"改成了"哪垯"，用意是为了显示陕北民歌的地方特色。另外，公木就"哪里有了共产党"一句，费了一番斟酌，有人说"出了共产党"，有人说"来了共产党"，可又感到"出了"和"来了"都有些不合适，经过推敲，公木决定还是用"有了"一词更加确切些。第四段主要是唱东北民主联军的,这一段只在沈阳一带传唱过,不久,随着东北民主联军的番号被取消,这段歌词也就没有人再唱了。凑成四段后,刘炽在《骑白马》的曲调基础上,略做加工,仍不失为陕北民歌。这次演出,报幕词就是"陕北民歌《东方红》",当时是 1945 年 11 月初,《东方红》这首歌的歌名就在沈阳诞生了。在此之前,无论是在延安还是在其他解放区,都还没有以"东方红"三字命名的歌曲。

1946 年夏秋间,公木已调到东北大学工作,东大校长办公室主任黄耕同志向公木要歌词,公木写下另外四段《东方红》的歌词如下:

> 东方红,太阳升,
> 中国出了个毛泽东。
> 他为人民谋生存,
> 呼儿咳呀,
> 他是人民大救星。
>
> 毛主席,像太阳,
> 照到哪儿哪儿亮。
> 他为人民谋幸福,
> 呼儿咳呀,
> 他给人民出主张。
>
> 共产党,解放军,
> 中国人民的解放军,

处处为着老百姓，

呼儿咳呀，

家家都过好光景。

全中国，老百姓，

坚决拥护解放军。

军民合作一家人，

呼儿咳呀，

消灭蒋匪享太平。

这是在解放战争中编唱的，曾被黄耘编进《东大歌唱集》。长春、哈尔滨等广播电台也曾播放过这首歌，报名"陕北民歌，张松如改词"。

另外，《公木文集》中还收有"陕北民歌，张松如填词"的《东方红》的另一个版本：

东方红，太阳升，

中国出了个毛泽东。

他为人民出主张，

呼儿咳呀，

他是人民大救星。

太阳升，东方亮，

中国全靠共产党。

他为人民谋生存，

呼儿咳呀，

他把中国来解放。

红旗飘,红旗美,

叫声同胞们来开会。

军民团结一条心,

呼儿咳呀,

建设咱们新东北。

作家杨子忱曾在 20 世纪 90 年代撰文说:"有人在长春市出卖废旧物品的地摊上,购得名为《青年文娱手册》的书,系 1947 年 11 月东北书局于佳木斯出版,编者为东北大学学生会,书内收有著名歌曲《东方红》。而值得一提的是,其歌词作者署名为张松如,张松如即公木。1947 年公木正在东北大学任教育长,校址就在佳木斯。"①另外,1951 年人民文学出版社编印的《中国出了个毛泽东》当中,也收录了这支歌(署名"张松如改词,陕北民歌")。

东北文工团在沈阳集体改写并由公木执笔整理的《东方红》,就是之后被全国传唱的《东方红》歌曲的初稿,传唱中有变动,但不大。其中的几点细微变化是:去掉了第四段,只剩下了三段,另外歌词中的"哪垯"又恢复成了"哪里"。公木生前曾多次说:"歌曲不曾采用'领导人民闹斗争'的词句,保留了'大救星'的字眼,事后想来,是接受农民意识的反映。"②

① 杨子忱:《源于陕北,诞生沈阳——公木与〈东方红〉歌词》,载《党史纵横》,1996(5)。
② 公木:《我爱——公木自选诗集》,长春,时代文艺出版社,1990 年,294 页。

第7章 烽烟大学

公木在东北的主要活动,是和东北大学即今东北师范大学联系在一起的。由公木作词、吕远作曲的《东北师范大学校歌》的开头就是:"烽烟滚滚,雪海茫茫,东北群英融汇一堂,越过高山,跨过松江,智慧的大队在战斗中成长……"

1946 年元旦前后,东北局宣传部部长何凯丰指示在东北局宣传部工作的舒群创办东北公学,并提议聘请当时担任本溪市委宣传部部长(一说是副部长)的公木和当时任沈阳市市长、中苏友好协会会长的著名病理学家白希清教授,一起参加筹备工作。1 月 10 日左右,东北局任命公木为东北公学教育长。同年 2 月以"依照民主政府建设新东北之方针,广集各级学员,以造就行政技术及师资等实际工作人才"为目标,由公木执笔起草《东北公学招生广告》,以校长白希清、副校长舒群的名义刊登在 1946 年 2 月 20 日的《东北日报》上。经过考试,预科和研究室录取了 70 余名学生,行政训练班录取了 200 余名学生。后来,东北局决定将"东北公学"改名为"东北大学",任命张学良的胞弟、东北行政委员会副主席张学思兼任校长,白希清、舒群为副校长,公木为学校第一任党委书记和教育长。校址设于本溪。

学校正准备开学之际,国民党军队大举进攻,学校师生被迫撤退。在公木的带领下,学校师生辗转安东(现丹东市)、通化、梅河口、吉林、长春、佳木斯等地,历时三个月,行程达一千五百余公里。

1946年2月23日一大早,做好充分准备的部分师生,带着图书和炊事用具,坐着4辆载重4吨的汽车,离开本溪校址,沿着崎岖山路向安东进发。到达安东后,在过去曾是日本人办的安东联合中学下车,住在该校宿舍,并借该校教室为临时课堂,由一位穿黑棉袄的老师上英语课,从26个英文字母讲起,公木教育长上文学课,讲诗歌,张东川老师讲社会发展史,还上了时事课,讲国际形势等。

当时的形势比较紧张,学生上课、下课去食堂吃饭都是军事化管理。学校规定离校上街都要两个人以上共同行走,以免单独活动发生意外(当地曾发生八路军遭暗杀的事件)。

当时的生活条件比较艰苦,伙食不易改善,有的同学有意见,还与炊事员起了冲突,挨了批评后还认为"只是一桩小事,何必吹毛求疵"。这件事引起了领导的重视,学校召开了全体大会,由公木教育长作报告,题目是"怎样过民主生活"。报告指出:东北大学的师生员工,应树立起紧张、活泼、切实、朴素、团结、友爱的校风。东北大学里的干部、教师和入学的学生所站的立场都是共同的人民立场,教职工和学生必须同心协力把学校办好,要办好就要发扬民主,民主是基石。一切行动必须遵守纪律,同时也要开展批评与自我批评。一个人没有批评与自我批评的精神就不能进步,一个团体没有批评与自我批评就不能巩固。作为一个进步青年,遇事应该用大脑想一想,不能冲动,更不能拿冲动来掩饰错误,不要挑剔、吹毛求疵。还讲了立场与态度问题、自由与纪律问题、思想与感情问题、批评与吹毛求疵问题。报告后组织学生进行了认真、热烈的讨论。

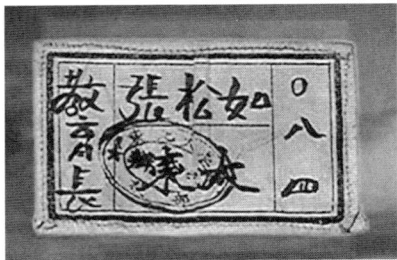

公木在东北大学的工作证

国民党军队沿安沈铁路向安东进犯,公木教育长作迁校报告,他指出:"国民党反动军队向东北大举进攻,不让我们办好大学,学校决定北撤通化,打前站的同志已先行,搬迁用的汽车已经包好,大家要以革命精神,按照八路军的作风,一切行动听指挥、遵守三大纪律八项注意、不拿群众一针一线的要求,上好七百里大课。"3月15日,学校全体师生坐着汽车向通化方向迁移。当时天气虽然寒冷,但大家把这件事看作是革命行动,没有怨言,一路革命歌声不断。到了吃晚饭的时候,车停在一个屯子里,打前站的同志已做好安排,大家秩序井然地到老乡家吃饭。吃过饭后,给老乡挑水、扫院子,还给老乡唱革命歌曲。老乡们也很热情,他们觉得这是在学习八路军的革命作风,有一种自豪感。大家一觉睡到大天亮,起床后打包好行李,然后就检查纪律,打了碗的给包赔了,水缸不满的挑满了水,院子不干净的打扫干净,吃完早饭就赶路了。当时的东北大学学生张力果后来回忆说:"我们上了一堂生动的革命实践课。"

3 月 18 日,学校全体师生到达通化,在通化等了约七天,然后改乘火车经梅河口、吉林,4 月 26 日到达中共东北局所在地(办公楼设在现吉林大学图书馆)长春。学校校址设在海上大楼(现为市中心医院)。由于迁校途中也在接收赶来入学的学生,这时的学生已增加到百余人。由于海上大楼被破坏得很严重,一时不能上课,当时的中心任务只能是整修校舍、装饰教室、购置桌椅等。另一个任务是招生(当时有300 多人报名),再就是接收伪满最高科研机构的全部图书、各种设备。教育长公木亲自找了张力果、李德恩、刘喜荣等 6 名学生成立接收组,每人发一支三八枪,任务先是保卫工作,然后是打包、装箱、搬运。这几名学生白天、晚上轮流站岗、流动放哨,不敢怠慢。

公木教育长还给他们每人发了一枚在安东定制的东北大学校徽。校徽是长方形的,象征着学习和书籍,在显著位置上有一个向左倾斜的红色箭头,标志着以马列主义、毛泽东思想为办学指导思想,黑底代表着东北黑土地,在正面突出位置是两个等线体大字——东大。

5月23日,学校300余名教职员工夜间行军30多公里,从长春徒步到德惠县(现称德惠市)米沙子,于第二天上午登上北去的列车。下午3时半,当列车行驶到德惠县丁家园时,突然遭到涂着国民党党徽的美式飞机长达半个小时的扫射,东大学生马希文当场牺牲,苏庆儒、孙继斌、苑士铎、赵长谦、杨柏、吴天佩等十几位学生负伤。在哈长路丁家园站的旁边,全校师生和工作人员环立在马希文同学的遗体旁,举行了一个追悼会,公木致悼词。他说:"'一二·九'的时候,他们使用的是大刀水龙;'一二·一'在昆明,他们用的是机关枪;现在,他们出动了飞机! 这是蒋介石法西斯的'进步'。我们害怕了吗? 我们会被这种卑劣的手段吓倒吗? 不能,当然不能! 我们是打不散的一群人,任何力量都阻挡不住我们前进的路程……"①

1946年8月,张如心率延安大学和华北联合大学的百余名教师、干部到达哈尔滨市,受到东北局的林彪、彭真、陈云、何凯丰等领导接见。随后,张如心等加入到佳木斯东北大学的领导和教学工作之中,张如心先后担任学校副校长、校长。

---

① 公木:《五二三悼辞》,见《公木文集》(第一卷),长春,吉林大学出版社,2001年,691页。

1946 年东北大学在佳木斯办学时的校舍

　　1947 年端午节,在佳木斯东北大学校园里,开纪念屈原的晚会,公木操着河北地方口音朗诵了他 1941 年 9 月 3 日在延安创作的诗歌《我爱》:

　　　　雷闪,

　　　　不能把光芒和声响,

　　　　永留在天空。

　　　　颤抖的星,

　　　　水样的月光,

　　　　甚至灼烁的太阳——

　　　　能够照穿乌黑的夜,

　　　　直到把黑夜消灭。

　　　　然而它们照不亮

人底心,这大海洋:
万年的波涛汹涌,
勇敢的海燕飞翔。
它吞没整个阴暗的古昔,
而驶出通向无限未来的远航。

什么
生命力最久长?
什么
光照得最深最强?

是你啊,
我心爱的诗。

你耸然起立——
从侮辱,
从剥削,
从反抗,
从斗争,
从人类历史底奔流里,
从自然宇宙底造化里……

你把一代底精神,

赋以活的呼吸，

吹向来世。

你拂去蒙蔽正义的尘土，

你使罪恶低头而战栗。

你比空气更轻灵，

你是前进的急先锋，

对每个新辟的领域，

你总是做向导。

你底伴随，

是创造的意志，

是真理底美。

假如有一天，

你把光耀隐逝，

一切过去将只剩一片空白，

而根本也就不会再有未来。

我把自己

投进你底光圈里，

我看见每个人头上，

都照着同样的光圈。

只有那依靠上帝和血统骑人颈上的人，
只有那借助手枪和说谎骗取荣利的人，
只有那仰仗主子威风专以鸣鞭为快的人，
只有那生就一副膝盖用来发抖或下跪的人，
只有他们，那些多余的人，
留在这荣耀而辉煌的光圈之外。

啊，你是什么，
我心爱的诗？

你是
神圣对邪恶战争的阵线；
你是
结合赤红的心与心的纽带。

我放开喉咙，
为你歌唱光荣之歌。
我以感激的手，
带着胜利的确信，
抚摩你底周身。

我轻轻地低语，

用我底唇，

贴近你底耳根。

我有时也激动地狂吼，

暴跳着向着你，

像向着一位老朋友。

我向你哭，

向你笑，

向你吵嚷，

向你议论。

我爱过许多男人和女人，

却从没有

像爱你这般深。

　　此后，随着战争的进程和形势的变化，东北大学的力量不断壮大。1948 年 6 月 21 日，东北局宣传部曾向中宣部写过一个请示：

东北局宣传部关于新收复城市大学
办学方针及人员配备的请示

（一九四八年六月二十一日）

中宣部：

（一）东北大学经前年冬季确定任务为培养师资，自然科学院干部到经建部门，鲁艺学院搞几个文工团做群众工作。

（二）吉林收复，在吉之长白师范，改为吉大，有学生四百余，理化仪器等足供师范专科之用。现决定东大移吉，与吉大合并，用东大名义，仍以培养师资为主。拟以张如心为校长，何锡麟、张松如为正副教育长，直属东宣部。

（三）在哈有东北科学院，以招揽并培养科学技术人才为目的。林枫、车向忱、王一夫任正、副院长，直属政委会。

（四）去秋攻势前，东北蒋区大学经费较多，长春吉林大学、沈阳东北大学，师生待遇均好，现在长春大学饿饭，多盼我去。

（五）今后收复城市，如何接收大学，大学教育办法如何，吉大与东大合并后的方针及干部配备是否适宜，均请指示。

（六）华北大学方针及近况，希见告。

东宣部

　　从这个请示来看,东北大学的力量真是壮大了不少。1948 年 7 月,东北大学南迁吉林并与吉林大学合并,定名东北大学,坐落在吉林市西郊八百垅,开始探索正规化办学。据东北大学文学院 1951 届毕业生、辽宁人民广播电台原台长谢仲清回忆,当时"路边的石垛门上,悬挂着醒目的校名大木牌。一进门便是长长的甬道,两排白杨高高耸立。校部是三座呈'品'字形的灰色花岗岩大楼,巍峨壮丽,如同三座古堡。据说,这是 20 世纪 30 年代著名建筑大师梁思成设计的……宿舍是建在山坡上的红砖平房,没有暖气和上下水道。大家轮流值日,领煤柴、生炉子、打饭、打水等"。当时学校像部队一样实行供给制。学校给同学们发的冬装是拆洗过的灰黑色的旧棉衣、狗皮帽子、生羊毛袜子、皮头布面棉鞋,夏季时再发两套单衣。伙食是高粱米饭、炖白菜或干萝卜条。隔一两周,也有改善伙食的时候,那日的菜谱不写内容,只写"另订"二字。据说"另订"一般是大米饭,一人一勺猪肉炖宽粉条。起床、出操、读报、自习、吃饭、听大课、讨论等,都要听从统一号令。政治学习要求很高,一旦发现某人有什么思想问题,就会被找去谈话。

　　谢仲清回忆说:"当时,全国尚未解放,东北解放区只有我们这所大学设有中文专业。文学界的诸多名流都汇聚于此,真说得上是星光璀璨。当时,散文家吴伯箫担任文艺系主任(后为文学院院长),一年级时他就亲自教我们写作文,并讲授读书指导。吴老师没有架子,面带微笑,表情和善,一派文人的儒雅气质。讲话时,他也从不用大道理压人,而是把人生哲理,通过优美语言,如涓涓流水般送进你的心田。诗人公木,每当课讲完,下课铃就及时响起,真如同歌曲节拍一样准确。作家蒋锡金,在讲授《为了忘却的记念》时,回眸往昔,感慨万千,竟然忘记自己是在讲课而流起泪来,女同学也陪着流泪。诗人穆木天,戴一顶瓜皮小帽,诙谐幽默,但他写的救亡诗却让人心情沉重。文学史家杨公骥,当时正对吉林市西团山子新石器时期墓葬进行考古发掘,并在《东北日报》上发表整版论文。他带领我们去现场实习,让我们有机会目睹古人类墓葬遗存以及打磨精细的箭镞等石器。"

1948 年至 1949 年间,原沈阳东北大学、长春大学、长白师范学院等校陆续并入东北大学,使东北大学发展成为当时东北地区规模最大的综合性大学。1949 年 7 月,学校迁至长春。1950 年 4 月,根据国家教育事业发展的需要,东北大学易名为东北师范大学,隶属教育部,成为一所以培养新型的中学师资为目标的高等师范院校。公木在这里担任学校副教务长,负责全校教学工作,同时还在中文系兼课。

1948 年 10 月 3 日,公木写了《强盗》和《贼》两首新诗。这是公木作品中少有的抒发个人情感的作品。

强盗

你是一个强盗

你闯进一所古老的空房

霸占住就变成主人了

你擦亮了尘封的玻璃窗

你扫除了结在门框上的蜘蛛网

剥落的墙壁

你重新加以彩饰

凋谢了的庭花

又笑着开放了

你用雨露滋润了它们

立刻蜂蝶争着来采访

燕子飞檐下筑巢

百灵和画眉绕着头顶歌唱

所有的客人都帮你的忙

桌椅床帐梳妆台

一下子都安置停当

锅灶也已经修好

看来你要长期住下了

你，强盗、征服者

闯进来就再也撵不走啦

贼

你是一个贼

你偷走了我的平静

通夜我闭不上眼睛

天不亮就爬起来

每一阵叩门声

都使我怦怦地心跳

我注视着窗前的草绿

秃了顶的葵花茎在诉着秋深

秋天的太阳是多么温暖啊

而我又听见一声深深的叹息

发自我的肺腔里

我觉得幸福

却又无限苦恼

像初孕的少妇

不安而焦躁

我打开喜爱的书本

想听一听我所崇敬的先辈们的教言

而每一个字变成一个顽皮的鬼脸

看他是多么顽皮

胖胖的甜甜的笑眯眯的……

诗是写给吴翔的。他们在经过了近三年的恋爱之后,于1950 年结婚。这是公木第三次婚姻。

公木在东大工作期间,除了繁忙的教学工作,还利用业余时间为东北电影制片厂的几部电影创作了几首歌词。

1946 年 10 月 1 日在兴山正式宣布成立的东北电影制片厂(今长春电影制片厂),于 1949 年 4 月迁回长春。此时,他们摄制的故事片《桥》也顺利拍竣,这部影片的主题歌《人民的先锋》是两首军歌的词曲作者联手创作的——歌词是《八路军军歌》的词作者公木写的,而为这首歌作曲的是《新四军军歌》的曲作者何士德。1949 年 5 月 1 日,影片开始在一些城市上映,所到之处引起强烈反响。解放哪个城市以后,《桥》就在哪个城市开始放映,第一次全国文代会召开时,也放映了这部影片。陈强扮演的侯老头在最后桥修成了参加开车典礼的时候,喊了一句"毛泽东万岁",随后主题歌响起:"我们是祖国人民的先锋,我们是毛泽东时代的英雄……"几乎每场电影放映到这里的时候,影院里都会响起雷鸣般的掌声。可惜这部影片是使用再生胶片(即用过的胶片再涂上一层胶)拍摄的,胶片感光度不高,画面的清晰度很低,声音更是时断时续,其中的主题歌现在除了模模糊糊的几句,大部分已经听不清了。不过,这是公认的当时中国第一部故事片,主题歌也是第一首故事片歌曲,公木也是第一次为电影歌曲写歌词。

拍完《桥》后,王滨又导演了一部大型纪录片《人民的新旅大》,他邀请公木和女作家白朗共同为《人民的新旅大》创作了主题歌歌词《柔和的阳光》(刘炽作曲):

柔和的阳光照海波,

自由的船家幸福的窝。

轻轻地撒网紧拉绳,

捕鱼的船儿行如梭。

如今的天地属于人民,

滔滔的海洋多辽阔。

云淡风轻海水蓝，
风车转转灌盐田。
捞盐的人儿加紧生产，
雪白的海盐堆成山。
为了建设人民的祖国，
咱们大家加油干……

晴空万里秋风凉，
高粱肥来谷米香。
一声号令齐下地，
男女老少收割忙，
为了建设人民的祖国，
齐心合力多打粮。

在电影《桥》中扮演男主角化钢炉组长梁日升的王家乙，也参加了纪录片《人民的新旅大》的演出。拍完这两部影片，时间已经到了 1950 年。王家乙这时开始自己担任导演，拍摄东北电影制片厂的故事片《高歌猛进》。他也邀请公木为这部影片创作了一首主题歌歌词（徐徐谱曲）。歌词非常长，极富感召力和时代色彩。这首歌在影片中多次播放。其中写道：

太阳放射出万道金光，

照耀着我们的工厂。

当汽笛召唤我们去劳动，

我们的心情愉快欢畅。

我们追求幸福的明天，

要把新纪录来创造！

为了亲爱的祖国繁荣，

我们要拿出一切力量！

这首歌在影片公映之后，刊载于 1951 年《大家唱》第 6 集，并收入上海陆开记书店《新中华歌选》。

同样是 1950 年，王滨、水华导演的电影《白毛女》开始拍摄。他们邀请公木（署名：张松如）与贺敬之合作，为电影《白毛女》创作了 15 首歌词。

2019 年 10 月 16 日，长春电影制片厂（长影集团有限责任公司）展出一批珍贵历史档案——25 封书信手稿，其中就有一封公木写给电影《白毛女》导演水华的信："水华同志，为了写喜儿逃出后一段歌词，我把 24~26 页细读了几遍。提出以下几点小意见，供参考：（1）二婶放走喜儿，照理黄家必然追究，是否还该设法让二婶洗脱掉这个'放走'的嫌疑。这点舞台剧剧本上似曾注意到了。（2）喜儿鞋子陷脱在哪里？……大概只是未曾写出，你们一定'心中有数'。（3）打手们围绕着苇地，想要进去搜……又没有进去。这里是否可以向苇地里放一排枪？"虽然公木只是负责电影歌词的创作，但拿到剧本后他仍然仔细阅读，并对剧本情节提出非常具体的修改意见。

　　谈到电影《白毛女》的创作经过,当年的场记宋杰回忆说:"1949 年北平和平解放之后,电影局局长袁牧之和艺术处处长陈波儿决定把舞台歌剧《白毛女》拍成电影。生产任务落实到东北电影制片厂,编剧和导演的任务落实到导演王滨和导演张水华的肩上,他们联合导演,王滨是第一导演。水华导演是第一次参加电影的拍摄。1950 年春,王滨、张水华、瞿维(作曲)三人先到河北省平山县调查,在平山了解白毛女的传说在当地流传的经过,同时也考察人民的生活状况。在当地聘请了一位农民作家杨润身。杨润身对当地的风俗习惯非常熟悉,可以帮助电影增加地方特色。回北京后,电影局专门给创作人员在西单舍饭寺的院内设立了招待所,集中力量改编剧本。在改编剧本过程中,首先争论的问题,是把《白毛女》拍成什么样的电影。有人主张把舞台歌剧《白毛女》用电影胶片记录下来,拍成舞台艺术纪录片;有人主张保留故事情节和人物关系,拍成普通故事片。经过热烈争论和反复权衡之后,大家找到了一条新的道路,即拍成音乐片。因为这个戏本来就是歌剧,而且在群众中已经很有影响,其中有些唱段已广为流传了。如果拍成普通故事片就会逊色很多。王滨导演和水华导演互相尊重,合作默契。重要的方案都是由王滨提出或做最后决定的。这次改编电影《白毛女》,王滨确定既要保留故事情节和人物关系,又要保留音乐的特色,拍成一部歌剧电影,而不是歌剧的舞台纪录片。他特别提出对音乐的布局要重新考虑。有的曲子要保留,如《北风吹》就是保留原来的曲子;有的地方要重新写歌词,重新谱曲,如大春与喜儿隔墙'相思唱段'就是重新写歌词,重新谱曲。王滨在改编时提出要求:在什么地方用唱腔要写在剧本上;唱什么内容,由什么人唱,也要写在剧本上;银幕上用什么画面也要写在剧本上。剧本完成之后,需要重新作词谱曲的歌有15首。当时王滨住在长春东北电影制片厂的小白楼,那里是主要创作人员的宿舍或招待所。在确定歌词和唱腔的那些日子,他的办公桌上总是堆满了稿纸,那上边都是需要修改的歌词或谱过的曲子,要由他来确定。他和水华导演废寝忘食,一起研究什么地方用唱,由什么人唱,唱什么内容,用什么画面。新歌词由贺敬之和张松如二位词作家创作,新歌曲由瞿维、张鲁和马可三位作曲家创作。"[1]

1951年4月20日,新电影杂志社出版了《电影〈白毛女〉歌曲集》,32开本,34页,收入歌曲16首,版权页署名"词:贺敬之 张松如",封底署名"作词:贺敬之 张松如"。场记宋杰老师回忆中提到的保留的原歌剧《北风吹》歌词,其实电影中也略微做了一点文字上的改动。这本歌曲集颇受欢迎,首印10 000册,很快销售一空。至1952年10月,已经印制第9版了。

《白毛女》是新中国第一部在全国引起巨大轰动的电影。20世纪50年代先后在30多个国家、地区上映。在1951年7

---

[1] 宋杰:《导演王滨与电影〈白毛女〉》,载《电影艺术》,2004(6)。

月捷克斯洛伐克举行的第六届卡罗维发利国际电影节上荣获特别荣誉奖。1955 年 2 月，日本艺术家清水正夫、松山树子观看了电影《白毛女》之后，把这个故事改编成了芭蕾舞剧在东京首演，并于 1958 年来华演出。

　　当然，公木这些创作都是在业余时间进行的，他主要还是从事教学行政工作。他同一些干部（如智建中）和一些教授（如蒋锡金、杨公骥）建立了很深的友谊。在欢迎萧军就任东北大学文学院院长的大会上，公木对萧军极力颂扬，说他"结实、有用、美丽"，这对当时一直在受批判的萧军而言，是很有些与众不同的感觉的。

第 8 章　雪封万里闭门居

东北师范大学建校 50 周年之际,86 岁的公木写诗致贺:

北国群英意气豪,

血沃荒野树妖娆。

脉通森森延河浪,

力接滔滔辽海潮。

红烛精神薪尽火,

锦云情致冻犹烧……

这首诗虽然表现了当年的意气风发,但对比一下他写于 1947 年除夕的另一首诗,就可以感受到,公木当年在这所大学里的复杂的心情:

雪封万里闭门居,

客里惯闻过岁除。

黄口逢人夸志大,

苍颜暗自叹才疏。

理从彻悟胆更怯,

诗到能工心转虚。

未净孽根难忘我,

半头白发半床书。

1949 年 2 月 25 日,中共中央致电华北局周扬,并告各局《关于召开文协筹备会的通知》,要筹备新的全国文协大会,召开联席会议,"由华北解放区文协和全国文协联名发起,并大致拟定参加此项会议的人数(不要多)及主要人选,望各解放区文协准备届时派代表到北平参加会议,在尚未成立文协的解放区届时可采取某种会议的形式,产生代表。来时望将文艺运动总结及优良作品搜集带来。本次决定,望周扬提出执行计划电告"①。3 月 22 日,中华全国文艺协会在北平的总会理监事及华北文协理事在北京饭店举行联席会议,决定召开中华全国文学艺术工作者代表大会,当场推选筹委会并于 24 日举行第一次筹委会议,并决定"华北、东北、西北、华东、中原五大解放区文协理事及中华全国文协总会及各分会理监事为代表大会当然代表,此外由筹委会酌情邀请若干文艺界人士参加代表大会"②。7 月 1 日,东北代表团致电茅盾、周扬:"我们研究的结果,拟增聘许可、凌风、于学伟、吕班、欧阳山尊、公木(张松如)、赵间、杨角八位同志为东北文工代表。"所提八人都被聘为代表。但是,公木未能参加第一次文代会,他是在会后才知道自己被推选为文代会代表。

吴景明先生在《蒋锡金与中国现代文艺运动》中提到当

---

① 王秀涛:《第一次文代会代表的产生》,载《扬子江评论》,2018(2)。
② 同上。

时同在东大任教的蒋锡金看到第一次文代会的消息后,曾向张如心校长提出参会的申请。张如心说:"代表资格要经过校方审查后才能产生,请你回去耐心等待,有消息我会通知你的。"但过后校方却指定吴伯箫和张松如两人去参加。蒋锡金曾找时任中共中央东北局宣传部秘书长、文委书记、副部长的刘芝明询问自己不能出席大会的原因,得到的答复是:"参加文代会的东北代表团必须由党员组成,由于你的组织关系尚未恢复,所以没有资格参加。"因为公木并没有能够参加第一次文代会,所以吴景明先生文中提到的校方指定公木去参加的事情是不准确的。

据东北师范大学出版社 2005 年版的《公木年谱》第 79页记载,1949 年 9 月初,"由于公木对中国文化教育事业做出了卓越的贡献,在社会上享有很高的声望,中国人民政治协商会议筹委会提名公木为政协代表,赴北京参加会议。但是,邀请信被校领导扣压,直至其他参加政协会议的代表将公木的代表证和文件带回给公木时,他才得知此事。"有人回忆,公木未能参加第一次全国政协会议,也和校领导有关。

这里的校领导,不知是否是指当时的校长张如心先生。

公木晚年曾深情回忆自己当年在东北大学和张如心校长一起打羽毛球的情景。不过,公木没有提及,他在东北大学工作期间,曾经和张如心校长发生过一些分歧。应该说这些分歧主要还是工作分歧,据他们的一些同事撰文回忆,他们之间的分歧严重。

刘白羽在回忆延安生活的文章中提到张如心先生时说："他可是一脸傲气,连笑的时候也是洋溢着傲气,令人望而生畏。"①由此可以想见张校长的一些性格特征。据说这位教授,可以把许多马列著作倒背如流。他是广东兴宁人,比公木大两岁,毕业于苏联莫斯科中山大学,参加过长征。

1950年,东北书店准备出版公木的诗集。当时,这种事情要经过自己单位的审查。于是,公木把稿子交到了校长张如心的手里。不料张校长只同意其中的《鸟枪的故事》这首长诗和其他几首可以出版,而认为《哈喽,胡子!》这一首公木自己十分喜爱的诗篇却必须抽掉,理由是小资产阶级意味太浓了。当时同在这所大学的诗人蒋锡金也读了这些作品,他的感觉恰恰和张校长相反,他觉得《哈喽,胡子!》这首诗是这诗集中最好的一首,他认为这首诗写出了20世纪30年代在革命斗争中成长的青年知识分子的共同心境,并且他还认为它是诗人的自画像——因为公木的髭须本来很稠密,所以有人也称他为"胡子"。

后来,尽管自己不是太情愿,公木还是尊重张校长的意见,只将《鸟枪的故事》交给东北书店,出版了由张望绘制插图的绘图诗集。而诗集《哈喽,胡子!》直到公木即将调出东北师大的时候,才由五十年代出版社出版。里面收集了公木20世纪40年代的诗作,其中《哈喽,胡子!》一诗,是1942年公木写给北师大的同学李树藩的,那时李先生刚从三年牢狱

---

① 刘白羽:《为历史作证》,载《人民日报》,2002-05-23。

之中解放出来,满脸的络腮胡子。

张如心的诗歌观点和公木是极其不同的。公木一直反对"把发生在苏联和日本的理论,机械地死板地移植到中国来"[①],而且他还曾以木农的笔名写下《批评家须知》:"勿做脱离群众的'左倾'空嚷嚷,自己以前卫自居,实际只能代表极少数人意见,弄成光杆子理论家";"对于一部分已经转变或正在转变的作家,须设法了解他过去以及目前所处的环境,只能就他目前所能做到的事,而鼓励其继续前进,勿操之过急,责备求全"云云。这显然是与当年在延安《解放日报》发表《彻底粉碎王实味托派理论》的张如心的观点是不一样的。

不过,关于对诗歌这种个人创作看法上的分歧,仅仅是个人欣赏角度的问题,并没有损伤张校长和公木之间正常的同志友谊。但是,他们在学校工作方面的分歧,却渐渐难以调和起来。

1951 年春季开学后,公木力主采取了一些教学改革措施。公木在教学中对教学思想和教学方法的改革,使教学活动有了良好的效果。他的教学风格给学生们留下了难以忘怀的印象,不但激发了学生对古典文学的学习兴趣,而且使他们在国文学习和其他知识掌握的过程中,潜移默化地形成了"自吟自感,自我品赏"的良好学习方式,增强了学生的自学能力。很多学生都喜欢和他交谈,探讨学习和生活中的一

---

① 公木:《新诗歌的内容与形式》,载《文学杂志》,1933(3、4)。

些问题。公木也与智建中等领导和蒋锡金、杨公骥等教授建立了深厚的友谊,并推动了他们的教学思想和教学方法的改进。1951 年春季开学后,东北师大的学生们在系部看到新学期各年级的课程表。除了政治、教育及外语等公共课外,学生们更关注各科专业课开设的情况。从二年级到四年级,课程表上都列有名著选读课。名著有薄伽丘的《十日谈》、塞万提斯的《唐吉诃德》、莎士比亚的《哈姆雷特》、巴尔扎克的《高老头》、果戈理的《钦差大臣》、惠特曼的《草叶集》、托尔斯泰的《复活》和高尔基的《母亲》等。面对这些新课,学生们热情高涨,兴致也很浓。这些名著课,均由系内教授主讲。比如公木除负责主讲惠特曼的名著《草叶集》外,还给学生们主讲《诗经》选读和历代诗选。

《诗经》选读是上大课。开课那一天,全年级二百多名学生都整齐地坐在大礼堂的座位上。铃声响过,学生们起立,公木夹着皮包,急步从学生们身边走过,登上高高的讲台。傅庆升、周毓芳在《难忘的"〈诗经〉选读"》一文中回忆道:

> 直到这时,我们才得以在最近的距离,看到公木老师的身姿,目睹他诗人的风采。他中等身材,体态魁伟,穿一身黑棉制服,是一位中年师长。红脸膛,四方面,表情庄重而又带着慈和的笑容。选诗《召南》中的《江有汜》,是一篇短小复唱形式的歌谣,写的是一个男子心爱的女人嫁给别人了,他反复咏叹失意的忧伤的心情。诗的第三章写道:"江有汜,之子归,不我过,不我过,其啸

也歌。"最后一句译作:"呜呼哀哉,唱个歌吧。"讲解时,
公木提到他青年时写过的一首小诗《爱的三部曲》,这首
诗是这样写的:

一、人家

不想见人家,

见了怕人家,

连一句话也不敢

跟人家说,

只是偷偷地看人家。

二、那人儿

那人儿向东去了,

朋友拉我往北。

我死也不往北!

三、爱人

爱人出嫁了,

丈夫不是我。

唉,抽颗烟吧!

他在课堂上吟诵了最后一节:"爱人出嫁了,丈夫不
是我。唉,抽颗烟吧!"用两首诗相比,使同学们加深了
对古诗心理刻画的深刻了解。回到宿舍,有的同学还高
声地朗诵:"唉,抽颗烟吧!"

这是学校向正规化过渡时期,公木在课程改革方面做出
的尝试和探索。这一学期,他们年级的世界名著课,学习了

蒋锡金教授主讲的《哈姆雷特》和穆木天教授主讲的《高老头》。而这些课程的设置,正是公木力主采取的一些教学改革措施。

1951年开学不久,公木被调离师大。已经开始讲授的世界名著课,也在中文系的课程表上消失了。

这是为什么? 公木怎么了?

在学生们困惑不解的时候,听到传言说,开设这样的课程,是"向资产阶级旧大学看齐",是"犯了方向路线错误",是"右倾机会主义表现"等等。这种传言,是有一定原因的。

公木为了适应新形势,也为了更好地领导学校工作,强调学校要有学术研究气氛,老干部也应钻研业务,加强学习,才能胜任领导职务。并提出学校要信任知识分子,生活上应给予其适当照顾等建议。公木主张正规化办学,编写过校则与校志。而以张如心校长为代表的部分老干部认为:学校从短训班过渡到正规大学,老干部就应该还是领导,而且完全能够领导正规大学。在东北师范大学《校史》修订版中,有这样一段记载:"学校在正规化过渡进程中,曾发生了一场所谓有新、旧型正规化的争论","以张松如、智建中为代表的部分领导干部认为学校向正规化转变,为了领导得更好,老干部应当钻研业务,领导干部如果不懂业务,就会领导不下去;认为学校要有学术空气,学校对知识分子要给予信任,生活上要适当照顾等","以张如心校长为代表的部分老干部则认为从短训班过渡到正规大学,主要问题是谁领导谁的问题",

"为此,学校党组织多次召开党员干部会议对所谓旧型正规化主张批判。会上张松如、智建中被迫检讨,并受到了处分,张松如被调离学校工作"。

公木离开东北师范大学,被调到了鞍钢工作。到新岗位后,公木对给予自己留党察看的内容有了一定的了解,知道东北师大党委会在后来的工作总结中说到他时,认为处分过重了。后来张如心调到北京马列学院担任领导工作,何锡麟调到北京师范大学做副校长。1954 年春天,公木给东北局写了一个请求复审的申诉书。东北局在接到上诉材料后,立刻派人来到东北师范大学,复查公木在校的工作情况,并把复查结果转给吉林省委。

这个处分后来终于撤销了。

第 9 章　鞍山行

　　1951 年 9 月,公木拿着东北局组织部的介绍信,肃然走出东北局大楼,他感觉门岗同志的眼睛里都闪着光。他说自己"像一个驰赴婚宴的年轻的新郎",高高兴兴地来到鞍山钢铁公司工作。

　　他在《鞍山行》中激动地写道:

太阳从密排的街树梢上探过头,
满脸淌着大汗向我热烈地招手。
花花绿绿喜气洋洋的拥挤的人群,
踏着大秧歌的舞步迎面走来。

汽车低吼,电车高鸣,马拉车发出辚辚的声响,
还有那铿锵地敲着铜锣的颜色鲜艳的货摊,
以及嘈杂的叫贩和音调清脆柔和的卖花女郎,
为我欢乐地合奏一阕祝贺的乐章。

是的,螺丝钉!——无论摆在什么部位,

都一定旋得紧紧的,牢固、坚实。

运转着的整部机器发出呼隆呼隆的声音,

都将给它以震荡,并引起金属的回应。

……

是谁嘘着温暖的气息低唱在我的耳根:

快些,再快些! 迈开五尺长的阔步,

奔向前去啊,以你的全部爱情和忠诚!

在那里,火热的心和钢铁正一齐沸腾。

面对任何困难,挽起袖子来!

锤炼,才能发出声音和光彩。

而你,也将像钢铁一样灼热,

而你,也将像钢铁一样鲜红。

离开东北师大的情绪,在这一首《鞍山行》的诗中充分流露了出来。其中"挥起十丈长的铁扫帚"以下的三节内容所表现的情绪尤其激烈:

挥起十丈长的铁扫帚,

扫掉那一层层的结在记忆中的蜘蛛网,

连同那些粘在网上的发霉的尘土,

都彻底打扫净光!

那些由于自私而变矮的人形,

那些由于忌妒而歪斜的眼睛，

那些由于猜疑和作伪而患梦游症的灵魂……

像泼掉一盆泛着肥皂沫的洗脸水……

你理应骄傲，而且感到幸福，

因为你生长在毛泽东的太阳普照的国度。

当人民的理想已经化作彩霞从东方升起，

降落在花枝和草叶上的夜霜哪能不消融？

就当时而言，尽管公木对给自己的处分有这么多不满，但他的内心对到鞍钢工作，还是非常喜悦和兴奋的。入住鞍钢招待所后，公木就去报到。在 20 世纪 50 年代初的中国大型企业中，鞍钢占据着很重要的地位。公木来到鞍钢的时候，正是鞍钢发展的重要阶段，中共中央出于加速社会主义工业化的战略安排，把钢铁等重工业列入国家经济建设的头等重要位置。鞍钢成为新中国的钢铁生产基地。

人事部门的同志翻了档案，知道公木一直从事教育工作，于是让他筹备成立鞍钢教育处。作为鞍钢第一任教育处处长，他意识到像鞍钢这样一个大型钢铁联合企业，要完成党中央和毛泽东交给的"鞍钢不仅要出钢材，还要出人才"和"鞍钢要准备割韭菜，五年三刀"的历史使命，必须把职工培训抓紧抓好。据鞍山广播电台的《鞍山往事》栏目播报，公木当时登上讲台为职工讲课、作报告，自己动手编写教材和学习资料，动笔归纳总结职工教育的经验材料。他于 1952 年主持编写的《教育手册》是新中国第一部职工教育手册。在不到三年的时间里,鞍钢的职工培训办得红红火火,整个鞍钢既是一座规模宏大的钢铁联合企业,又是一座规模空前的冶金钢铁学校,开创了全国企业教育事业的先河,为向全国冶金科研、设计、地质、基建战线和新建的大中型企业输送领导、技术、管理人才,做了充分准备。

从大学来到企业工矿,在这新的环境里,一切都是陌生的,一切又都是那么充满希望:"像一个第一次走进校门的刚满学龄的儿童,像一个驰赴婚宴的年轻的新郎。"在这样一个充满希望的新环境中,公木立刻有声有色地干了起来。1952至1953年间的某一天,郑律成同志突然来访,公木在惊喜之余,听他说,从朝鲜回到中国,再不回去了。他邀公木一同去东北森林旅游,共同创作《森林大合唱》,公木没法答应他。公木在鞍钢任教育处长,工作繁重而且他对工作极具热情,这时实在顾不得写诗了。

在整个50年代,鞍钢作为社会主义工业化的一种象征,吸引了一大批文艺家选择鞍钢作为他们的生活基地。著名作家丁玲在赴京参加第一次文代会之前,就和东北局宣传部的李卓然部长、刘芝明副部长说好,开完会就到鞍钢深入生活,搜集素材,准备创作。她已经有了一部农村题材的作品《太阳照在桑干河上》,还要再写一部工业题材的作品。

1953年春,新中国第一部电影《桥》的编剧于敏也到鞍山落户,挂职鞍钢基建轧钢工程公司党委副书记,随后创作了

《工地一青年》《炉火正红》等作品。

　　1953 年 3 月,时任中国文联副秘书长、中国作家协会秘书长的舒群来到鞍钢,挂职大型轧钢工地党委副书记,其间创作了长篇小说《这一代人》。

　　从 1954 年 5 月起,在鞍钢炼钢厂的生产现场,人们经常会看到一个身材瘦小的"广东小老太太",她就是新来的厂党委副书记草明。

　　女作家草明时任中国作家协会东北分会主席。她向东北局宣传部建议:作协不再只设一位主席,而是三位主席,每位做一年执行主席,其余时间轮流深入生活。她做了一年主席后就来到了鞍钢,挂职于某钢铁厂任党委副书记,后来写出了工业题材的经典长篇小说《乘风破浪》。

　　四川作家艾芜也长期在鞍钢体验生活,后来写出了长篇小说《百炼成钢》。

　　公木也在鞍钢写出了《鞍山行》《风波》《争吵》《鞍山散歌》和《寄鞍山》等反映工业生活的作品。不过,与到鞍钢深入生活的那些作家不同,公木到这里不是为了体验生活,而是在这里工作。公木在诗歌中说:"螺丝钉——无论摆在什么部位,都一定旋得紧紧的,牢固、坚实","面对任何困难,挽起袖子来! 锤炼,才能发出声音和光彩。而你,也将像钢铁一样灼热,而你,也将像钢铁一样鲜红"。并表示决心:"挥起十丈长的铁扫帚,扫掉那一层层的结在记忆中的蜘蛛网,连同那些粘在网上的发霉的尘土,都彻底打扫净光!"

　　党中央和毛泽东当年给鞍钢提出了重要任务,可是当时整个鞍钢的技术人员却仅有 136 人。作为教育处处长,公木意识到,要组建像鞍钢这样一个大型联合企业的教育处,没有一批有文化、懂业务的专业技术干部是不行的。他说:"只有依靠懂业务的人,培训才能出成果。"于是,他查遍各厂矿人事教育工作者的档案,发现合适的人选就提出调用。同时积极开展工人培训工作,并亲自为职工讲课、作报告,亲自动手编写教材和学习资料。他编写了《教育手册》(1952 年鞍钢内部发行,我国第一部职工教育手册)和《速成培养工人技术员的经验》(1953 年东北人民出版社出版)。《速成培养工人技术员的经验》一书收有《中国共产党鞍山市委关于从工人中培养技术员的决定》及《四年来培养与提升工人技术员的经验》等四篇文章。除《中国共产党鞍山市委关于从工人中培养技术员的决定》外,均由公木撰写。

　　鞍钢当时开辟了一个名副其实的 5 万人的教育网,这种创举是当时全国职工教育工作的榜样。他还亲自写材料总结工作。他写的《一座综合性的钢铁冶金学校》,就给企业职工培训工作归纳出"两种目的",即加强现职和培养后备;"三种对象",即工人、工程技术人员和职员;"四种内容",即政治、文化、技术和业务;"十种方式",即正规学校、业余学校、训练班、学习合同、在职科股学习、技术业务宣传、技术研究会、先进方法学习班、选送委托培养和指导见习实习。他还提出了企业教育的基本规律。

在公木的带领下,20 世纪 50 年代的鞍钢教育处,各科室分工不分家,配合默契,大家都对工作认真负责,形成了一种良好的学习风气。公木在繁忙的工作之余,积极倡导青年团办墙报《诗刊》,不仅自己抽时间带头写诗,还鼓励青年人拿起笔。在他的带动下,当时教育处青年团的干部都写诗,有的写好后还让他指导。

1953 年 8 月,公木写了《鞍钢培训工作检查总结报告》,在鞍钢召开的培训工作大会上宣读后,印成文件,上报冶金工业部并转报党中央。毛泽东看到这份工作报告后很满意,连夜让中央办公厅打电话表扬鞍钢的职工培训工作,电话先打到鞍山市委,由市委直接打到鞍山市铁东区台町 50 号楼内的公木家中。

公木在鞍钢不到三年的时间里,和教育处的同事们一起把鞍钢办成了一座规模宏大、内容丰富的综合性钢铁冶金学校,开创了全国企业教育事业的先河。不但保证了鞍钢的生产和大规模建设的需要,而且还向全国冶金科研、设计、地质、基建战线和新建的大中型企业支援了 5 万多名领导干部和技术骨干。

1952 年 1 月,公木夫人生了一个男孩,公木夫妇商量,给孩子取名百钢,后来又生了一个男孩,取名叫铁奔。从这两个孩子的名字,也能感受到公木对鞍钢发自内心的热爱之情。在 20 世纪 50 年代,艾芜出版了反映鞍钢生活的小说《百炼成钢》,周立波出版了反映北京门头沟钢厂生活的小说

《铁水奔流》,所以有位老作家曾经写文章,说公木的两个孩子的名字与这两部小说有关,其实这是误传,艾芜的《百炼成钢》出版于 1958 年,周立波的《铁水奔流》出版于 1955 年,都晚于公木孩子的出生时间。

鞍钢当时引起了很多人关注。时任中宣部副部长的周扬有一次到鞍钢访问,见到公木,提出将他调回文艺部门工作的想法,但公木没有答应。后来几次做工作,并且上级组织已正式决定并安排了接替人选,公木才离开了鞍钢。

1954 年夏,公木到沈阳东北作家协会任秘书长,并主持日常工作。当时他把家人留在了鞍钢,他的夫人在鞍钢的一所学校当政治教员,他每个星期六下午回鞍钢,星期天晚上再返回沈阳。这期间他的诗集《中华人民共和国颂歌》由作家出版社出版,另外他还开始与杨公骥合写《中国原始文学》,共同拟就了"中国文学史纲目",他们开始共用"龚棘木"这一笔名。

1954 年 10 月,经过好友吴伯箫的推荐,公木被调到北京中国作家协会文学讲习所任副所长,当时的所长是吴伯箫。随后兼任作协党总支副书记和《文艺报》《文艺学习》编委等职。

第 10 章　鼓楼东大街 103 号

1954 年初秋,公木走进了北京鼓楼东大街 103 号的中国文学讲习所,由此正式进入中国作协机关。这是一年之中北京最美的一个季节,红叶流丹,天清气朗,景色迷人。

孟子说:"得天下英才而教育之,三乐也。"公木走进 103 号的时候,心中念诵的正是亚圣的这句名言。他在大学时学的就是师范专业,当时就立志以教师为业,后来无论是在延安还是在东北,他都曾长期从事教育工作。现在又重新回到了喜爱的三尺讲台,心情肯定是非常激动的。

他上任的时候,中央文学研究所已改称中国作家协会文学讲习所,简称中国文学讲习所,仍然受文化部和作家协会领导。丁玲卸任后,曾由田间、邢野等担任正、副所长职务。新的领导班子,则是由中国作家协会党组调配的。吴伯箫任所长(还兼教育部教育出版社社长),副所长除公木外,另从《文艺报》调来萧殷任第二副所长。萧先生只在所内过渡了几个月,就调到了广东省工作。吴伯箫在教育出版社的工作也很繁忙,所以实际上是公木在主持所里工作。此时第一期学员已离校,第二期学员正在学习。

邢小群(电影《平原游击队》的编剧邢野的女儿)在《丁玲与文学研究所的兴衰》一书中说:"如果说文学研究所的时代是丁玲的时代,那么文学讲习所的时代应该是公木的时代。"

文学讲习所每期学员至少有七八十人,他们都带着户口、粮油以及工资关系来到北京,工资由中国作家协会发放。有的人不但自己来,还带着家属。文讲所的课程有政治理论、中外文学史、文艺理论、作家作品研究、文艺批评等。授课时间约占学生学习时间的三分之一,其余大部分时间留给学员创作实习。在三年、两年或几个月的学习期间,学员还分别到农村工矿、抗美援朝战争前线体验生活,事后创作发表了一批诗歌、小说、散文、戏剧等作品。

公木 1955 年在中国文学讲习所授课(张祖道摄)

公木赴任后,文讲所新增设了文学概论、语法修辞、中共党史、世界近代史等课程,还进行了《红楼梦》《水浒传》及鲁迅、托尔斯泰、契诃夫、莎士比亚、马雅可夫斯基等一系列专题研究。他自己担任古典诗学的教学任务,并编印《中国文学史》讲义。来这里学习的学员们都有一定的创作基础,他们除了听名家讲课和阅读名著外,主要是自己搞创作,然后再让教师进行指导。老作家与学员的关系是固定的,如丁玲辅导玛拉沁夫、李涌、谷峪,艾青辅导张志民和安柯沁夫,张天翼辅导邓友梅,公木辅导流沙河等。

《丁玲与文学研究所的兴衰》一书中有一节专谈"公木的学院情结"。公木的这种所谓情结,可以说是他一贯的一个教育理念,他也多次为这种理念付出了代价。尽管在东北师大曾因"正规化"问题遇到挫折,但在文讲所重新执教之后,公木这种正规化的情结反而越来越浓。

当时文讲所的课程安排是不固定的,且多半采取报告或讲座形式。先请名家来所讲学,然后学员认真阅读原著,组织讨论。列为重点课的,有时学习两个月左右,学员都要写学习心得。当时也在文讲所工作的徐刚批评过这种办学方式:(1)满足于方针政策的正确,缺乏严格的自我批评和深入教学问题的精神,对于知识的教育不重视,于是很多人就在思想、生活、创作这个条条上打圈子。(2)谁也没有拿出全部精力或应该拿出来的精力做好这一项工作。因此,这一期的学员除了思想批判(这是重要的)、生活和创作以外,学校应给学员的主要东西(知识、系统的文学教育)却给得十分少，并影响了文学研究所的发展。

当年教务处工作人员朱靖华介绍当年的教学工作时，也对作协领导文讲所提出批评，他说，作家协会，作为群众团体，这些委员们坐在一起，对文学研究所的工作灵感式地、主观地说了几句话，就当作办学的方针，这是开玩笑的。

这种松散的办学方式，让公木很不满意。

朱靖华回忆说："记得有一天，我去请教公木同志有关教学方面的事情，他兴致勃勃地拿起办公桌上一份厚厚的教学计划说：'培养一个高水平的现代作家和评论家，没有系统的文学知识和丰实的文学素修，单靠短时间打突击战的方法是办不到的。'他双目炯炯有神，异常兴奋地说：'要提高学员的马列主义水平，要研读中外古今的一些名著，要加强创作实践……'原来，他手上拿的是一份建立'文学院'的规划。公木同志那时正值旺盛的中年时期，他的头上虽已有了几茎斑白的鬓发，但他那丰圆的脸上却闪烁着晶莹的红光，厚厚的嘴唇角边，不时挂出丝丝的微笑，在他内在心灵里似乎充满着奋发向上的事业心，整个姿容透露着他特有的诗人兼学者的开拓性气质，令人顿生敬慕之情。他接着说，要在文学讲习所建立一整套课程和教材，要准备讲授中国文学史，并从先秦起，配合编一套古典作品选释。他满怀信心地鼓励我参加教研组的教学工作和选注古代作品的工作，要我大胆地在实践中锻炼提高。我这个本来就富有幻想的人，听了他的远大规划,浑身热乎乎的,顿时情不自禁,为之意驰神往。"①

　　文讲所在行政上归文化部,教职工的工资和所内一切开支都由文化部发,业务和党务上却又归中国作协。而按照公木的想法,是将文讲所完全脱离中国作协的领导,办成像中央戏剧学院、中央音乐学院那样直属于文化部的正规大学。他的想法得到吴伯箫的赞同和支持,于是他们一起到文化部教育司去沟通相关事宜。经过交涉,教育司同意吴伯箫和公木的意见,而且还给了一个出国留学的名额,让文讲所派人到苏联高尔基文学院学习。由于一些原因,最后没有去成。

　　吴伯箫和公木都是长期搞教育工作的,都想把文学讲习所这一文学教育事业办好,他们曾一起在佳木斯东北大学共事,公木任该校教育学院院长时,吴伯箫任教育学院副院长,二人合作很愉快。公木在诗里回忆他们的友谊说:

　　　　人生几度春,

　　　　佳木斯难忘。

　　　　桃李自成蹊,

　　　　踏歌载路唱。

　　　　病瘩亲汤剂,

　　　　梦寒添衾褥。

　　　　文章百代师,

---

① 朱靖华:《一棵无私奉献的苍松》,见《天地境界 德艺流芳——公木先生诞辰百年纪念》,长春,吉林大学出版社,2010 年,183 页。

煦煦老保姆。

趻望六合云，

遍蹚千里雪。

黑水浮白山，

峥嵘塑岁月。

在公木提出正规化办学之前，文讲所已经经历了一场改名风波，甚至差点停办。

据记载，1952 年，中宣部鉴于中央文学研究所缺乏必要的教学人员，建议停办一个时期。后来由于丁玲等人的努力，变成了"缩小规模"。

1955 年 9 月 6 日，作协党组扩大会议后，吴伯箫辞去了文学讲习所所长的职务，公木担任文讲所所长，兼任中国作家协会青年作家工作委员会副主任。公木上任后，让教务处根据过去的经验教训，参考苏联高尔基文学院的教学计划和其他材料，制订第三期教学计划并向全国发出了招生通知。

公木当年雄心勃勃地提出了文学讲习所向正规化过渡的五年到八年计划。大致内容：办正规学校，归文化部领导或者归文化部和作家协会双重领导。这一计划虽然没有实现，但这一念头却没有断，此后几年，讲习所干部，特别是教育干部们，也在为这一计划努力。

可是，1956 年文学讲习所不仅没有向正规化方向发展，反而经中宣部决定改成了短训班。对这一改变，公木是有些

抵触情绪的,以为文化部已把成立文学院列进发展计划中,
在原有的规模上略加补充就可以了,不用再以办短训班来过
渡。至于如何筹备正规化的文学院,他认为还是应该依靠文
化部。

　　遗憾的是,公木的这个梦想,最终没能实现。

第 11 章　满园桃李

　　据 20 世纪 80 年代的一个统计,从文研(讲)所第一期到第四期(至 1957 年停办止)264 名学员的情况看,在中国作协、文联工作的干部有 18 人,任省级文联、作协主席或副主席的有 61 人,任国家级刊物、出版社正副总编的 19 人,任省级刊物正副主编的 38 人,专业创作人员 36 人,教授、研究员 11 人,其余学员后来的身份分别是编辑、记者、工人、农民等。从这个数据看,文讲所是培养出了一些人才的。

　　这里的讲课与辅导人员,被后人称为"中国知名作家总动员"。请来的第二期辅导学员创作实习的就有丁玲、张天翼、康濯、马烽、西戎、赵树理、刘白羽、严文井、光未然、宋之的、陈白尘、艾青、田间等著名的作家和诗人。郭沫若、茅盾、俞平伯、叶圣陶、曹禺等也被请来讲课。邓友梅回忆说,听曹禺先生的课比看他的戏还有意思,非常精彩。有一回曹禺问他大家听课的效果如何,邓友梅说:"您讲课很精彩,很长知识。可就是写作时用不上。大家更想多学点对写作有用的诀窍。"曹禺说:"作家写作的窍门没多少,几句话就讲完,你们规定一堂课讲两个小时,只好讲点有趣的话!"邓友梅又问:"您能不能把那几句话告诉我呢?"他说:"那好说,其实就一句话:想写什么读什么。想学写剧本,就背上三个剧本,背得滚瓜烂熟,背熟了再写,就跟没读过时不一样了。为什么这样,我也说不清,可一定管用。"邓友梅还向张天翼请教过作家怎么养成观察生活,从生活里捕捉题材的习惯。张天翼说:"你记日记要改变一个做法,你每天从宿舍到课堂(宿舍与课堂隔着一条马路)要找出一个新的景象,即过去没注意到的,每天记一条,看看能记下多少条。这样能逼着你自己去发现过去看不见的东西。另外,你每记一样东西,想说什么偏不那么说。比如你看见一位女士很漂亮,你就不说她漂亮,你写出来,让别人感觉真是漂亮。你想骂一个人,你就不骂他,但写出来让人感到这家伙真不是人。观察要不带情绪,要非常客观,并且能引起别人情绪。"这些很实在的写作经验,估计对今天的一些喜爱写作的读者也还是有用的。[1]

公木本人对教学工作也很重视,他讲课也很受学生欢迎。学员洛康回忆说:"他虽系讲习所首席领导,有名诗人,但平易近人,没一点领导与学员的畛域。给我们讲过话、开过课的,记得起来的有中宣部副部长周扬,作家刘白羽、赵树理,语法修辞专家张志公,诗人艾青、公木、蔡其矫,以公木最多。"[2]公木在文学讲习所工作的几年间,与新中国几代文学

① 邓友梅:《奉命从文》,载《中文自修》,2003(3)。
② 洛康:《回忆诗人公木》,载《长城》,1995(6)。

英才建立了密切的关系。现在回头再看那满园桃李,他这位
老园丁的在天之灵,应该是十分欣慰的。

文讲所明文规定招收对象是:(1)经过一定时间的革命
斗争锻炼并具有相当丰富的经验者;(2)有一定文学修养,在
创作上有所表现,或在文艺工作上有一定经验者。最后还注
明:"特别注意吸收具有优秀才能或可能培养的工农出身的
初学写作者。"公木走进文讲所的时候,这里的学员有 1935
年参加红军的吕亮,有 1937 年、1938 年入伍的缪文渭、张朴、
张志民、白刃、庸仁钧、和谷岩、刘大为等,他们大都只有二十
几岁,张志民是诗歌组组长,被称为老大哥,其实他才二十八
九岁,年龄比较小的抚顺来的李宏林只有十八岁。

公木刚到文讲所时,学员们并不熟悉他,只知道他是个
诗人。孙静轩就说:"一般来说,人们都有个通病,对于新来
乍到的同事,总是加以排斥,用一种怀疑挑剔的眼光去看对
方,如人们所说的'欺生'。公木刚来也是这样,人们总觉得
他知名度不够高,并没给文讲所增光添彩。但很快,他就以
他的温和、谦逊,以他的长者之风赢得了人们的尊敬和
信任。"[1]

那时无论是我们的国家还是个人,都正处于充满激情的
时期,所里学员白刃写了《战斗到明天》及话剧《白鹭》《兵临
城下》,张志民写了长诗《死不着》,玛拉沁夫写了《科尔沁旗
草原》,谷峪写了《强扭的瓜不甜》等,董晓华写了电影剧本

---

[1]　孙静轩:《公木片记》,见《道德文章,高山景行》,长春,吉林大学出版社,1999 年,356 页。

《董存瑞》,邓友梅、刘真、和谷岩、苗得雨、孙静轩等都有佳作问世。

诗人孙静轩在文学讲习所是个出了名的捣蛋鬼,几乎每天都要惹出一些麻烦、制造点新闻。据说有一回,他在跟同宿舍的苗得雨争论文学传统的话题时,一把就把电灯拉灭了,还振振有词地说:"你不是喜欢传统吗?那就不用享受现代科技了,还去点菜油灯吧。"

公木作为所长,知道孙静轩是调皮的家伙,但似乎对他有点偏爱,每次看见他都向他会心地一笑,那眼神很特别,似乎在说:你这个又调皮又可爱的小家伙。毕业的时候,公木找他谈话,问他是不是要再回团中央,他说不愿再回去。公木说,何其芳那里需要人,让他去北大文学研究所。孙静轩同意了,但公木同何其芳说好时,孙静轩又改变了主意,说不去了。公木又让他到《人民文学》或《文艺报》去,孙静轩说可以,过了些日子,孙静轩又变了卦,说想到《工人日报》去当特派记者。公木笑笑说:"想好,这回别又反悔。"毕业之后,孙静轩的档案送到了《工人日报》,人家催孙静轩去报到时,他又变了,说想去内蒙古。最后公木把他的档案转往内蒙古,而且内蒙古文联已经为他准备了住房,但他却到了四川。1957年,孙静轩回到了所里。他见到公木的时候,有点不好意思,而公木却毫不在意,将他安顿在一所大房子里,还一再嘱咐工作人员把火炉烧旺一点。有时,还让工作人员给他送些好吃的。从这段故事里,我们可以想见公木对这些学生的钟爱和宽容,同时也可以想见文讲所的学员毕业后在当时的社会上是多么受欢迎。

文讲所学员中,公木还比较关注青年作家刘真的成长。刘真的大哥叫晋驼,在延安时曾经在公木领导的军直政治部文艺室工作。所以见到她,公木自然就觉得非常亲切。晋驼比刘真大二十岁,离家多年。党组织后来把刘真全家接到根据地,大人进了被服厂,给八路军做鞋、做衣服。刘真的母亲和嫂子加入了共产党,刘真上了小学。妈妈看着她的书本说:"这可好了,我不用担心你以后会受婆婆的气了。"文讲所有较好的条件读书、学习中外古典和现代文学、听取著名作家的创作经验,特别宝贵的是在创作实践中能够得到十分具体的指导,切身感受文学创作的规律。刘真说:"文学讲习所三年对我的一生都很重要,因为过去即使有自学的条件,我也不懂怎么自学才好,我那点文化水平太可怜了。"学校为她选择的创作实习老师是公木在东北文工团的老战友严文井。她发表在《人民文学》上的《春大姐》《我和小荣》都是在严老师的辅导下多次修改写成的。《我和小荣》还拍成了电影。

在文讲所,公木比较关注的,还有一位新作家,他的名字叫谷峪。谷峪的父亲那时候担任公木老家辛集发电厂的厂长,谷峪的母亲和弟弟都在辛集生活。由秦怡、王人美等主演的根据他的小说《强扭的瓜不甜》改编的《两家春》,不少场面就是在辛集城北胡合营村拍摄的。

谷峪是个大高个子,脸色偏黄,皮肤显得粗糙,喜欢穿黑色的上衣。当他骑一辆新飞鸽自行车在辛集街头闪过时，人们纷纷议论："看！那是谷峪!"从文讲所学习归来，谷峪成为河北省专业作家，而且是河北省当时很有名气、很受重视的青年作家。

第12章　白桦来了

公木调入文讲所后过的第一个春节,心情是非常愉快的。因为白桦来了。

这里的白桦,并不是写作诗歌《阳光,谁也不能垄断》和电影《苦恋》的白桦,而是公木失散了近18年的女儿。大年初一清晨,她找到鼓楼东大街中央文学讲习所,公木穿着睡衣,趿拉着拖鞋,三步并两步地跑到门口,一把将齐他高的白桦搂在怀里,拍着她的背说:"唔!白桦,白桦,你长大了,你长大了……"

白桦于1936年农历二月初三出生在河北正定。公木当时在正定中学任教员,参加了抗日救亡的运动。其时,《河北省中等学校校长任用暂行规程》第一点要求是"以深明党义,遵守党纪者为标准"。时任校长尹钟毓开除12名学生骨干,并向教育厅举报国文教师公木为地下党。幸亏有老乡事先通报,公木在军警来抓前离开正定中学,回到北平师范大学。

后来公木偕夫人涤新离开北平,辗转到达西安。随后,公木、唐般若和李树藩三人来到八路军办事处,林伯渠同志接待了他们,并给他们出主意,让他们奔赴延安,说去后可以教书。但公木想到山西太原的抗战第一线去。于是经林伯渠同志介绍,公木、涤新同二十名同志一起到山西晋绥军区工作,一时间,孩子没人照看,公木夫妇只好把不满两岁的女儿白桦,送到一家好心人家寄养。

"本来,从北平逃亡出来的时候和几个朋友都已约定,这回是坚决要把自己交给民族解放的伟业了。自然,那时候却没有预计要把孩子割舍的,本想把她放在家里。不料孩子还没有送到家,家乡却沦亡了。不得已,这才又逃到西安来。如今,朋友们都已在实现着自己的誓言,我们却颤抖在时代的后面,躲躲藏藏,为着孩子就变成了卑鄙无聊,苟安偷生。这耻辱是能够忍受的吗?而且这样下去,将来的生活又怎么维持呢?像这些话,我们不知已经谈议过多少遍,今天实在不想再重复它。我知道涤新的心又在和矛盾的苦痛相挣扎了,我自己也是一样。我不忍再用解剖的刀加深这种苦痛,心照不宣吧。最后还是涤新开了口:本来,民族比孩子重要得多!"这是公木发表在 1938 年 4 月 6 日出版的《战地》(丁玲、舒群主编)杂志第 2 期上的散文《弃儿记》中的一段话。

面对"小家"与"大家",经过痛苦的抉择,夫妇二人义无反顾地选择了后者,"民族比孩子重要得多"。于是他们发动在西安的所有朋友,去找收留孩子的人家,说好一户董姓夫妇有意要孩子,后由于时局吃紧,又反悔了;去孤儿院被告知名额已满,也不再收养了。夫妇俩被与孩子割舍的痛苦和去不成前线的焦急煎熬着。没想到这时孩子生病了,夫妇俩只好带她去看医生。恰在这时公木在街上遇到了四年不见的老友刘右山,热心的老友了解到公木的打算后,第二天就帮忙找好了一个回族家庭。白桦的养父李宏瑢是一位善良朴实的厚道人。

在《弃儿记》的末尾,公木心情沉痛地写道:"五天以后,我们的孩子就被留在了一个新的家庭里。在号啕的哭声中,我和涤新离开那里,走回客栈。客栈里冷清清的。白桦常拿的一个化学娃娃忘了带去,扔在床下,好像很久就失去了它的主人。祝福我们的孩子!"之后公木便到晋绥军区,参加了由程子华任司令员的敌后游击队,任宣传股长。1938 年 8 月,到达革命圣地延安。

遥想当年,骨肉分别,那种心情可想而知。写完《弃儿记》,公木又写下《留别白桦》,纪念与女儿的离别:"玲玲,玲玲,你还不懂,为什么不满两周岁,就必须离散","玲玲,玲玲,你将来会懂得,爸爸和妈妈,必须返身向战火"。

1949 年之后,生活安定下来了,公木的诗友戈壁舟和高敏夫,当时都在设于西安的西北文联工作。1950 年年底,公木给戈壁舟、高敏夫二位诗友写了一封信,请他们帮助寻找女儿。戈、高把这件事委托给当时在西安市文教局工作的苏一萍。苏老师将寻找"革命后代的事"当作一件工作向全市的中学校长做了布置。西安市立第一中学的校长李一青从市文教局带回"寻找"的任务后,即与教导主任高崇璞老师研

究如何寻找,并立即召开全体老师会议,李校长在会上讲:
"根据市文教局的布置,那位同志的孩子是由一个回族家庭
抚养着,而我们一中就在西安回民聚居区,所以我们一定要
以极大的热情为革命前辈寻找到他的骨肉,使他们早日团
聚。"①此时,白桦恰好就在西安市立第一中学读初一。而且
此前,她的生母涤新已经找到了她(她的生母在延安与公木
离婚)。有一天上作文课,命题是《我的家庭》,要求把家庭成
员做一简述,白桦觉得,在自己14年的生活当中,留下印象
最深的,就是生母在她面前的出现。于是,她既写了在贫困
中养父母对自己的恩育,又写了生母英姿飒爽的形象。写着
写着,她感到作文有点离题了。可是,正是由于这篇作文才
使得她和公木重逢。

看了她的作文,老师把她叫到自己的宿舍,问她:"你写
的这篇作文内容可是真实的?"白桦回答:"是真的。"第二天,
高崇璞老师将白桦领至西安市东木头市街的西北文联,她见
到了高敏夫和戈壁舟,他们热情地和白桦握手,不停地说:
"太好了,太好了,我们马上就给张松如写信报喜讯。"

果然,他们分别给公木写了信报喜讯。公木当时正在东
北大学的课堂上讲唐诗,其中"相去万千里,故人心尚迩"让
他非常感慨。回到家后,听到女儿的消息,公木心里非常激
动,他立刻给两位诗友写了回信:

---

① 张菱:《我的祖父——诗人公木的风雨年轮》,北京,中国广播电视出版社,2004年,174页。

敏夫、壁舟同志：

"相去万千里，故人心尚迩。"在历代诗选课堂上，我刚刚讲过这两句古诗，回到家来，就接到你俩的信。两封信说的是同一件事，心中实大欢喜。

关于白桦的嘱托，你们这样热情地承诺并蒙苏一萍、李一青诸同志关注，我是感到无限感激的……你们要把她引到革命的大路上，这样我就放心了。

敏夫要我寄作品去，这倒很难为我。虽然也零星发表过一点东西，手头都没有存稿——有两篇随信寄上。一九四二年以前的东西，曾编为一小册，收到厂民同志他们主办的《现实诗丛》(？)中，听说还有壁舟同志的一本，已付梓，稍后当奉上。另四四年冬写过几篇东西，编为一本《十里盐湾小唱》也交给厂民了，听说不久也可以印出。抗战八年(作者按：现在的说法为十四年)间的东西，就是以上两小本，其余手稿全丢在山西一个兵站了。(是鲁藜托鲁艺一同志给我往东北带，到山西时轻装，给寄存在兵站。以后几次寄信要，都石沉大海。全中国已经获得解放，变成为我们的了，这一点点东西就算了吧。)到东北几年，写作不多，又很杂乱，还不能印成书。

十四年前，在西安曾写过一篇《留别白桦》，一直不曾发表过。在延安诗会上朗读一次，颇引起萧三同志的不快之感，他怪我怎么竟把亲生的孩子扔掉。老柯发表意见说：这在中国，在当时那种具体情况下，是可以想象的。我问萧三:是否因为你想起你的"阿郎"才不好受的呢? 他曾不止一次地给我读他写的怀念阿郎的诗篇。阿郎是他留在苏联的他与前妻的儿子。上述《留别白桦》诗稿也一同"迷失"在山西兵站了。只记得其中一小节:

"白桦,你这么小,你哪里能懂

你的爸爸和妈妈心里是多么犯难

你听见炮响就努起小嘴学咕咚!

你看见飞机就扬起小手:燕燕!"

这却是写实,对我个人是印象极深的。——上面说起"妈妈",敏夫信中也曾提到,这一点也是我生命中一件不算愉快的事。我们是在一九四〇年冬在延安最后分开的。生过两个孩子:白桦和许加(在我留别延安的诗中曾提到过他,他长得很像我。姐姐像妈妈)。"妈妈"于西安解放后可能是去看过她,听说还合摄过相片(这都是李宏瑢先生来信所说的)。我校同志去西安接家属,我也曾托他们去看过白桦。我估计:她是约略知道自己的身世的,当然有些茫茫然、模糊不清,这也许是她"沉默""不活泼"的根源。那么只有从思想上教育她,使她真正树立起革命的人生观,她才会想清这些事情的。你们说是不是?

(我)到东北后,短期间做地方工作,从一九四六年二月,从本溪市委调出我来筹措东大,以后就在东大工作,随着战局的变化而迁移、辗转数千里,直到今天。正规化已经两年了,"忙"仍照旧,且有加号矣。现在除教务工作外,我担任两门课:历代诗选和新民主主义。

我已经结婚了。爱人是本地人,先在东大读书,现已调出工作。生活是很正常的。

还有什么可说的呢? ——我发胖了,一六〇斤(八十公斤)大约是年龄和营养的关系。

紧紧握手!

松如
一月十二日

之后高敏夫、戈壁舟经常叫白桦去他们机关,有时还把公木给他们的信件拿给白桦看。高敏夫告诉她公木在东北工作。那时,东北对白桦来说,真是太遥远了。

公木曾经请东北大学一位返陕探亲的同志到李家看过白桦,问她想要什么东西,她想了半天,说口琴。大约半年之后,她的养父带她到西北局机关见到一位女同志,那位女同志交与她一个口琴,说是公木从东北托人带来的。白桦拿着向往已久的口琴高兴极了。回到家把会唱的歌曲一遍又一遍地吹,吹个不停……

后来,直到公木调入北京工作,距离西安又近了一些,白桦才终于下了决心,来北京跟公木见面。这时,公木也才了解了白桦在离开自己之后的详细生活。

她的养父李宏瑢比公木大三岁,回族,曾就读于南京度量衡专科学校。毕业后返回西安与比他大两岁的马少仙结婚。白桦的养母马少仙出身于一个没落的官宦人家，其父为清末文举，曾在甘、宁东部的静宁等县当过县长，大约在抗战后期就辞职在家。由于他是地下民盟，新中国成立后作为党的民族统战对象，出任了陕西省高级人民法院副院长。养母出身于这样一个旧式家庭，婚前深居简出，也有机会读书习字，所以是个粗通文字的家庭妇女。她身体瘦弱，为人温和贤惠。由于自己无生育能力，将白桦视为掌上明珠，在养父失业，家庭生活拮据的时候，她宁愿自己省吃俭用，也要给白桦吃饱穿暖。

在家庭的关心下，18岁的白桦结了婚，爱人谷少悌，也是回族，当时在西安市民委工作，是西安解放后参加工作较早的当地少数民族干部之一。此番也跟白桦一起来到了文讲所……看着这两个孩子，公木内心的喜悦，真是难以言表。

20世纪50年代全家合影，后排左二是白桦

第 13 章　黑色的三八节

1957 年 3 月 8 日,公木将在老家的父母接到北京,安排在鼓楼东大街 103 号的文学讲习所教室上面的筒子楼里居住。

对于公木一家来说,这是一个"黑色的三八节"。

这是一个古色古香的小四合院。院子里有个小假山,下面一潭清水,非常雅致。那时候的人们取暖、做饭都离不开煤。当年蜂窝煤还没普及,煤铺的伙计蹬三轮串胡同往各家送的,不是煤球,就是矸子。北京好多人家,用一种铁板铆接而成的炉子,这种炉子制作非常简单:准备 2 毫米厚的铁板,四边加头号豆条(铅丝)盘成炉盘;用铁板卷成直径 30 厘米、高 50 厘米的炉体;然后将炉体与炉盘铆接,四角用铁板条连接,既可用以加固,又可作为炉腿;炉底固定四五根铁条用以漏灰,上有一个鸡蛋大的圆孔,可以用火筷子从这里捅灰。这种炉子买回家搪点炉灰就能用了。文讲所用的就是这种简易炉子,而且,烟囱是屋与屋之间相通的。

那时乍暖还寒,住在两位老人隔壁的人因天寒生起炉火。没想到这天遇到逆风,煤烟没有顺着烟囱排出去,反而从公木父母房内的炉子冒了出来,他们在睡梦中,因煤烟中毒,双双离开人世,公木的父亲享年61岁,母亲享年67岁。

关于这件事情的详细经过,当时的所部秘书张今慧(作家邢野的夫人)在《忆公木二三事》一文中回忆说:

第二天一大早,公木同志来给老人送早点,怎么叫门,里面都没有动静。他敲了两下侄子的房门,就急忙下楼找人,我正好在院里刷牙漱口,他喊我:"今慧,你快找钥匙来,把我父母住的房门打开!"我心里咯噔一下,急问:"怎么啦?""叫不开门!"我心想,也许是一路上劳累睡得太沉了吧。赶紧找来带钥匙的行政科长。门一打开,一股强烈的煤烟味儿扑过来,我大吃一惊,感到情况不好,进屋一看,两位老人蜷曲着身子侧躺着,老人的孙子大声喊叫:"爷爷!奶奶!……"我立即派人去叫医生。这时,党支部书记、行政处长、人事科长等都来了,我们把两位老人抬到楼道口通风处,用过几种抢救办法,未能奏效。医生来了,做过检查以后说:"煤烟中毒,人已经不行了,也别送医院了,准备后事吧!"我们去查看炉子、烟筒,都没有发现问题,只是炉火已经灭了。后来经仔细检查,这房间的抽烟筒和邻居的抽烟筒同走一个出烟道,是邻居家泄漏了煤烟,夜里刮大风顶到这边房间,使二位老人窒息身亡。

当时面对这突如其来的事,我心情特别紧张,我对办理丧事毫无经验，蒙头转向，不知所措，心想，若是处理不好，既对不起公木同志，也对不起已故的二位老人。我急忙把支部书记、行政处长、科长等人叫到一块儿商量。处长说："咱们先拿个初步意见，再和公木同志商量。"我们认为，一是应该通知家属和亲戚朋友前来；二是可否在北京举行个告别仪式；三是遗体应装入棺材运回老家安葬（当时国家尚未提倡火葬）；四是买什么样的棺材。我把商量的意见向公木同志说了。他说："我的意见，一切从简，一不惊动亲朋好友，二不举行任何仪式，就在北京火化，不买棺材，买上两个骨灰盒，在北京找块墓地埋葬。"我们都惊讶地互相看看，支部书记说出了我们心里话："就这么简单吗？"公木同志说："简单点好。"我说这也太简单了，怎么也得给两位老人用上两口棺材呀！公木同志含着眼泪说："不用了，不用了，这就够麻烦大家了！"我们尊重公木同志的意见，先派人把寿衣买来，把净身的人找来，将遗体暂停放在屋子里。

当时在文讲所第四期学习的作家洛康也从自己的角度回忆了当时的场景。他说：

> 诗人公木，在延安长期从事革命工作，久与家人失掉联系。建国后，他在北京定居，由供给制改为薪金制以后，才把困守家中，经受八年战争，备受烧、杀、掠、夺之苦的老父母接到身边，享几天天伦之乐，暂住鼓楼东讲习所小楼二楼。诗人有个十六七的侄子，叫张延辉，

也跟来侍奉老人，与我们同桌而食。1957年暮春一个礼拜日，早饭桌上，诗人问侄子说："你爷爷奶奶怎么没来吃饭？"他侄子说："开饭后，我推了推他们的门还插着，昨天晚上，两位老人下棋了，可能睡晚了，还没有起。"礼拜日是早、晚两餐，这时已是上午九点多。公木一听，神色大变，把手中的饭碗一放，噔噔噔向楼上跑去。嘭嘭嘭，大力敲门，没有反应，敲门声连楼下人都受了震动。接着"哗啷"一声碎玻璃响，大家一惊，也不知何故。楼下人吃完饭，便各奔东西，上街走了。下午大家同来吃饭，院子里停了两口白茬儿棺木，才知道诗人的一双老人，晚上中了煤烟，诗人砸开门上窗的玻璃，钻进屋去，不幸老人早已死去多时，连体温也没有了。这时已是暮春，按规定下礼拜一便停火，因前几天老人有过一次煤烟中毒，中毒较轻，没有酿成大祸，预防于万一，诗人让老人停止了火炉，但与邻居共用一个烟道，因风向关系，倒灌进老人的住屋，造成惨祸。[1]

诗人一听侄子说叫老人的门没人应，便感到不祥，急步登楼，破窗入屋，但为时已晚。公安部门查验后，马上抬埋（那时还未提倡火葬）。一家人既不披麻戴孝，也未有任何仪式。花圈、挽联没一份。诗人一脸沉痛的表情，含泪跟在车后，送走了双亲。围观的学员，目睹了这一场革命的葬礼，真做到了移风易俗。个个从内心深处表示钦敬。

---

[1] 洛康：《回忆诗人公木》，载《长城》，1995（6）。

据当时在文讲所工作的郭小兰同志回忆：

当天下午，我们和处长、科长等人，陪同公木同志和他侄子，将二位老人的遗体送到殡仪馆，当时还是买了两口棺材，存放在那里。公木坚持要付棺材费。往回返时，我问公木同志还有什么事要办，他说："该办的都办了，就等联系好了墓地，大伙儿再帮我把老人埋葬就完事了。大家都辛苦了，给你们添了这么多麻烦，我非常感谢。"像这样意外的不幸，对亲属来说简直像天塌的大事，就这么简单地办理了，他没有任何要求，也不追究邻居肇事方的责任，这是一般人做不到的。

可见他那严于律己、宽以待人的胸怀。这件事，使我对公木同志更加钦佩和崇敬。

当时，公木心里非常悲伤，但是他没有埋怨隔壁的燃煤取暖人，没有埋怨总务科员，没有对同事说一句抱怨的话，也没有继续追究此事。

公木把两位老人安葬在了北京万安公墓。他跪在墓前泪流满面地说："儿不孝，没有照顾好二老，我悔恨不该请二老来北京，是儿害死了父母啊！儿该死，儿该死！"随后大哭起来。

此后，连着好几天，公木不吃不喝，沉浸在巨大的悲痛和绵绵的怀想之中。思念就像滹沱河的流水，越流越远，一直汇入苦涩的大海……

公木于1910年农历五月十五日降生在滹沱河畔的河北

省辛集市北孟家庄。这里处在深泽、安平、辛集三县(市)交界的地方,没有一条正式的公路,只靠村南口一条一丈来宽的乡间土路(20 世纪 90 年代铺了一层柏油)连接村外的世界。辛集市是 1986 年才设立的,辖区为原束鹿县,所以至今一些介绍公木的书籍或词条,仍有人将他称为河北省束鹿县人。

公木小名叫顺通,大概是希望他一生平安、一帆风顺的意思吧。他是这一家的长子。之后这一家又添了二儿四女。公木的二弟、三弟和三妹、四妹后来也走上了抗日道路。他的二弟后来长期生活在武汉,享寿 99 岁。他的三弟则死于抗战时期,据说是让一些不明身份的人捆绑起来,用碌碡活活碾死的。他的父亲读过两三年的私塾,家里也有《时文选》《最豁集》等书籍。父亲性格开朗、乐观,虽然读书不多,但特别关心国家大事,喜欢看地图,讨论国家形势等,在村子里也算是个文化人。在全村里打头阵剪掉了辫子,惹得公木的爷爷奶奶不高兴了好一阵子。公木的母亲虽不识字,但遇事很有主见,善于持家,待人和善、宽厚,与街坊四邻相处和睦,热心助人。公木自幼受这种良好家风的影响,在快乐中度过了难忘的童年。

他的父亲结婚比较早,其实还是一个仅仅十几岁的年轻气盛的大孩子,地里活儿听长工的,家里事由公木的母亲操持,于是他总有闲情逸致带着公木出去玩儿。每年农闲时节,北孟家庄村里都要请民间艺人来说书唱戏,以丰富村民们的生活,也常有职业性或半职业性的说书艺人来到街头。他们常常是兼做小买卖,说书是"打场子"和招徕生意的手段。

他们爷俩儿常常一起去听《三国演义》《水浒传》《西游记》等故事,有时兴起,两个人还会一起模仿故事里的人物形象,说上几段,这使公木从小就对古典文学产生了浓厚的兴趣。公木的父亲在村里还是个摔跤的好手,在村子里的同辈中很难找到对手。爱摔跤,而且十摔九胜,摔跤大概就成了他们的家传,公木后来上了大学,当上了教师,还是爱跟体育教员较量较量。

父亲常常领着公木,跟左邻右舍的叔叔、伯伯、堂兄、堂弟们比赛摔跤、捉迷藏、练把式,有时还登高攀树,跌个鼻青脸肿,惹得母亲时常心疼。有时父亲还带着公木上房掏雀儿,下地逮蛐蛐儿,还养鸟儿,冬天到地里去捋麦苗,也不忘捎带一杆鸟枪。有一次,父亲带着公木去打群架,结果公木的鼻子被打破了,嘴被打歪了,脑袋上还顶着一个大紫包,父亲看着公木的样子,不敢领着儿子直接回家,怕惹老人生气。于是他想了想,偷偷地把公木送到姥姥家,回家后悄悄地告诉公木的母亲李梅,李梅赶回娘家,抱住公木心疼得直落泪。回到家面对公公婆婆的询问,还要扯个谎哄过他们。直到半个月后,伤处不显眼了,才敢把公木接回家来。后来公木的家里又添了公木的二弟张永刚、大妹张文书、二妹张文党。公木时常看到爸妈面对面地坐着发愁。公木的父亲也渐渐收起了贪玩儿的心,还煞有介事地留起两撇小胡子,说是为了在孩子们面前树立威严,分清长幼。不过孩子们从小一直和他打打闹闹,因此蓄起了胡子也还是不怕他。对待地里的农活,他倒也开始认真起来。每天早出晚归,除了冬闲季节,再也顾不上和孩子们蹦跳打闹了。

此后家里东挪西借,省吃俭用,供他先后去正定中学、辅仁大学和北平师范大学读书。再后来他参加革命,四处奔波,实际上跟父母在一起的机会并不是很多。1957年,父母这次到北京,公木本想带他们好好游览游览,尽尽孝道,不料却遇到这样一场伤心的事情。

1957年春,公木与母亲在北京北海公园,拍照不久,其父母就因煤烟中毒遇难

第 14 章 解冻

公木的批评是非常坦率和坦诚的,即使对同辈诗人,也是有一说一,有二说二。1956 年,公木就在《文艺报》发表文章,坦诚地批评诗人田间和臧克家:

> 即使是故作大言壮语,也不能使人振奋。比如田间的《给钢都——鞍山》,它告诉了读者一些什么东西呢?——诗人坐着火车从鞍山经过,望见"如林的烟囱"像"伸着手臂",望见"电光照亮了田园",于是诗人想亲自到鞍山去看一看,"要和最高的烟囱并立着,肩并着肩","要把火焰高高举起,写成共产主义的诗篇",最后,诗人又代祖国向鞍山订货:"把钢管送到淮河","把机器送到草原"。——而鞍山虽然有个机械修理厂,却只为自己的基本建设和检修加工,是不会生产机器送到草原去的。这诗的意义只是表明诗人要歌颂钢都——鞍山。而歌颂什么呢?却是浮泛的、空洞的。这不能不是离开人民群众,离开斗争生活的结果。

> 公式化概念化的作品,在这个选集中也还可以找

到。它大都是出自我们非常尊敬的也确乎曾写出过许多优秀诗篇的老诗人们的手笔，臧克家的《我们一步一步往上升》就是一个例子。在这一诗篇里，诗人诉说着自己对时代的感觉。在1953年最后一天，在第一个五年计划第一年"最后的阶石上"，诗人回顾身后，发现"过来的路子并不坦平"，而"成就"却像"一座山峰高过一座山峰"，甚至"鼓足一股劲"的"希望"也"有时还落到现实的后头"；瞻望面前，则有"一幅新的图景"，它"像阳春百花一般的灿烂"。于是诗人感觉：像坐在"五年计划的……火车"上前进，"现在……正跨在一座高大的桥梁上"。——无论用了多少比喻或是形象的语言，这一诗篇所表现的思想也即是诗人的哲理的思考本身，原是极为平淡的、抽象的。诗人对于时代，没有在一般读者所能感觉到的以外，更多发现什么东西。只凭着驱使语言和韵律的技巧，给抽象的概念披上一件彩色的衣裳，就如同给摆在服装展览会上的石膏人穿上鲜艳的新装，它是不能激动人心的。诗人为什么不能艺术地、形象化地去认识和表现自己置身其间的伟大而丰富多彩的生活现实呢？归根结底，这还是由于和时代拥抱得不紧，长期不能投入火热的群众斗争，因而缺乏直接的切身的个性化的生活感受的缘故。这就是平淡无奇和公式化概念化的根源。

在中华人民共和国成立之初诗歌新格局的形成和演变

中,公木的一系列文章在理论和批评方面扮演了弄潮儿的角色。他一方面感受着新思想、新时代的冲击所带来的兴奋,一方面尚能以平等、客观的态度进行理论探讨。而他和朱光潜、朱偰、宋谋瑒等先生的一些交锋,至今仍有学术意义。

1956 年美术界开展了批评轻视国画的讨论。鉴于诗词与国画是姐妹艺术,因而朱偰先生在 1956 年 8 月 5 日的《光明日报》适时地发表了《略论继承诗词歌赋的传统问题》。文章批评了那种认为旧诗和京剧一样,已经定型化,无法改造过来反映新生活以及旧诗不通俗、难以为人民群众喜闻乐见的观点,而认为"古诗中的乐府,歌行中的长短句,以及五七言绝句,却正等于地方戏,用它反映现实生活,有它广阔的前途"。文章发表后引起了较强烈的反响。

首先是曾文斌在《光明日报》上发表了《对〈略论继承诗词歌赋的传统问题〉一文的意见》(《光明日报》1956 年 9 月 23 日),认为古诗因语言限制,难以反映现实。随后朱光潜先生又在 11 月 24 日的《光明日报》发表《新诗从旧诗能学习得些什么?》一文。文章认为新诗应学习旧诗如何深刻体验生活,学习旧诗在运用语言的形式技巧方面的极高的艺术性,学习旧诗几千年来形成的音律等。但文章对新诗成绩估计不够,如认为"我们的新诗在五四时代基本上是从外国诗(特别是英国诗)借来音律形式的。这种形式,在我们人民中间就没有'根'……至今我们的新诗还没有找到一些公认的合理的形式"。新诗"往往使人有一览无余之感","要叫我背诵新诗,就是一首也难背出"。产生这种看法,用他自己的话来说,原因是"只偶尔读些新诗","偏于保守的思想习惯"。他的这种看法引起了新诗人的严重不满。

中央文学讲习所的教员沙鸥在 1956 年 12 月 8 日的《光明日报》发表《新诗不容抹杀——读朱光潜文有感》,反驳了朱光潜的看法,并且还"似乎带着几分愠意"写信向公木"兴师问罪":为什么连续发表旧诗? 他认为公木大概是受了朱偰先生提倡诗词歌赋的影响。

公木为此在 1956 年 12 月 10 日夜写了长篇论文《谈中国古典诗歌传统问题——答友人书》(载 1957 年第 1 期《长江文艺》),其中说:

> 你向我质问,这是你的误会。朱偰先生的大作,我一直没有读过。听你这么一说,我才设法去找《光明日报》,看到朱偰先生《略论继承诗词歌赋的传统问题》和《再论继承诗词歌赋的传统问题》的大文。最近在《光明日报·文艺生活》一三四期上又刊载了朱光潜先生一篇《新诗从旧诗能学习得些什么?》,他也是大声疾呼,为中国旧诗鸣不平的。恰好就在这篇文章后头,登出了我的两首七言律诗。编辑同志未必有意要拿我的"拙作"印证朱先生的"高论",而读者们却很可能由此产生误会。这实在是叫人啼笑皆非的事。你写信时,似乎还没有看到这一期《文艺生活》,否则你更要"不能容忍",以致暴跳如雷、大兴问罪之师了。自知理亏,我不会还击的。

但是,必须申辩,让我说一说自己的看法吧……

两位朱先生的论点,并不完全相同,也各有其片面的道理。不过他们共同的出发点是否定或忽视五四以来的新诗歌。这一点就决定了他们的立场,因而关于传统云云,说上千言万语,都只是废话。两位朱先生,念的咒语虽有不同,鄙薄新诗却异曲同工。

毋庸讳言,新诗是存在着问题。继承和发扬民族传统,对新诗作者说来,现在是,将来也是应该在理论上探讨,在创作上实践的。但是,如果认为五四新诗歌是中国民族传统的一刀两断,却不正确。说它是从外国,特别是从英国借来的音律形式,更绝对不合历史事实;至于对它视而不见,摆出一副不屑面孔,那无非是闭着眼睛说话。公木认为:

和一切文学艺术一样,诗歌的民族形式并不是一成不变,而是不断演进、不断发展的。它好像一条九曲黄河,永不停息地滚滚奔流,变化无穷,姿态万千,却又是一道割不断的长流。五四以来的新文艺、新诗歌,正是这黄河九曲中的一曲。是的,它确乎接受了外来影响,那不过是像渭河洛水汇入黄河一样,黄河虽然转了弯,它还是源远流长,并没有也不能割断的。新的地理形势促使黄河转了弯,新的历史条件促成了五四以来文艺、诗歌的革新。如果追溯源流,当然还是"黄河之水天上来",而新诗歌也不能不是继承着殷商以至明清的诗歌传统的。

朱偰先生对它"视而不见",朱光潜先生说它是从外国学来的。这正如同硬说风陵渡以下的黄河失踪了,显然是错误的。我们不否认世界进步文学对五四以来新文学的影响,我们应该把歌德、惠特曼以及欧洲甚至日本诗歌对于郭沫若和他以后的许多诗人的影响加以充分估计。但是,如果没有中国古典诗歌的传统,没有从《诗经》《楚辞》到明清民歌鼓词的传统,单凭"移植",就能"新拓"出这么一个"支流"来,这是可以想象的吗?

公木不仅以雄辩的姿态对朱偰、朱光潜的非难做了一一答辩,而且还从格律的角度阐述了中国诗歌的发展规律,从"采用旧形式""创造新格律""新诗学旧腔"等方面,研究了当时对于学习传统的一些主张和做法。最后还说:

诗是情感世界的再现,它依靠现实的、深刻的、细致的、锐敏的感受,缺乏了这感受,便失去了热烈的情感,因而也就塑造不出激动人心的形象。这是最基本的问题。这个问题不求得认真的、彻底的解决,只在形式上、在语言韵律上、在表现技巧上加油用力,那是枉然。脂粉填不平皱纹,口红留不住青春。古人也好,洋人也好,对于远离开现实,因而失去了热情的诗人,都不能救驾。我们必须作为一种不可或缺的修养来研究、学习中国古典诗歌,但必定稳稳地立脚于今天的现实的新的基础上,否则便谈不到继承与发扬传统,只不过做一个模仿或硬搬的教条主义者而已——这里所说的教条主义在创作实践上便是形式主义。

公木的文章发表后,引来了宋谋瑒先生的批评。宋谋瑒在《长江文艺》上发表了《关于中国古典诗歌传统问题的几点质疑》一文。文章是针对公木《谈中国古典诗歌传统问题——答友人书》而提出质疑的。随后,公木又写了《再谈中国古典诗歌传统问题——答宋谋瑒先生》。在《光明日报》讨论快要结束的时候,郭沫若在当年 12 月 15 日发表了《谈诗歌问题》。文中具体地分析了各种不同意见,其中着重批评了在讨论中所表现出的贬低新诗成绩的倾向。他认为,“不是旧诗好,是有好的旧诗”,“能背诵,并不是旧诗的特性”,“新诗是起过摧枯拉朽的作用的”,“新诗并未抛弃中国的诗歌传统”,“不要认为凡是旧诗就可以当令”,并在文后喊出了“好的旧诗万岁,好的新诗也万岁”的口号。

这些争论,热烈而不失分寸。几位先生并没有因为观点相左影响感情。后来,朱光潜先生每出一本书,都会赠送公木一册,公木出书后也必定送朱先生一册。田间、臧克家与公木先生更是时相过从,没有留下什么隔阂。

1993 年 8 月 14 日,公木在石家庄参加国际诗经研讨会,大会期间接到晋东南师专于淑月副教授带来的同校宋谋瑒教授的一封信。宋先生说到当年那场论争时说:“我有点偏激,他是对的。”中国诗经学会《会务通讯》第 3 期以《宋谋瑒教授五十年代与张松如先生的论争》为题报道过这件事。

第 15 章　诗歌的 "下乡上山"

1958 年 5 月,公木在《人民文学》上发表了《诗歌底下乡上山问题》。他没有想到,这篇文章却惹急了何其芳先生。

30 多年后公木回忆,何其芳先生当时很不高兴,说他"岂有此理"。这是因为,有人告诉何其芳先生,公木在这篇文章中,说了何先生"反对或怀疑"过"歌谣体的新诗"这样的话。这番话,引起何其芳先生的强烈反应。他认为公木这是凭空给他加了一顶反对或怀疑歌谣体的新诗的帽子,认为"这种无稽之谈应该辩明一下,其中有些真正分歧之处也可以提出来讨论"。

《公木传》初版出版后,有读者认为我在书中仅仅引述了公木和何其芳先生文章的部分内容,对何其芳先生所言的"真正分歧之处"仍然不甚了了。所以此次修订本书,我重新查阅了《人民文学》1958 年第 5 期公木的《诗歌底下乡上山问题》原文。尽管何其芳先生撰文对《诗歌底下乡上山问题》作了激烈的反驳,并在当年引起一波激烈的诗坛争论,但公木这篇被认为批评了何其芳先生的文章,其实并非专门针对

何其芳先生,只不过在文章中有这样一段话:"中国和外国都
有些进步的诗人,像何其芳、阿拉贡、伊萨柯夫斯基等,根据
不同的理由,反对或怀疑'歌谣体的新诗'。"

因为这篇《诗歌底下乡上山问题》确实集中表现了公木
那一时期的诗歌观点,文章全文征引如下,读者不妨共读:

诗歌底下乡上山问题

干部在纷纷下乡上山,诗歌也要跟着下乡上山。乡
下山上本来有自己底诗歌,而且还不断产生着新的诗
歌,像四季常青、永远开不败的花朵。我不是指这些,我
是指那些干部们底,更确切说,那些诗人们底诗歌。这
些诗歌,大部分只能在阅览室里读到,只能在朗诵会上
听到,还没有走出知识分子底圈子。怎样把它们也一齐
带着下乡上山去呢? 这还是个问题。

有人说,诗人已经下乡上山,诗歌自然也就能下乡
上山。这个问题,就算这样解决了。是的,可以说,就算
这样解决了。只要诗人能够脱胎换骨,自然诗歌也就脱
胎换骨。只要诗人的生活能和大众打成一片,只要思想
感情能和大众打成一片,问题就算基本上解决了。

不过,诗人下乡上山,总得也要换换装,能够穿着皮
鞋丝袜去挖泥塘吗? 能够穿着制服洋装去背粪筐吗?
那么,诗歌理应也要换换装。惠特曼也好,马雅可夫斯
基也好,本来都很好,就是和咱们农民兄弟姐妹们还不
太熟识。这个装应该怎么换法? 就不能不说,这还是个

问题。

在这里，我不谈脱胎换骨底事，本来这是问题底主要方面；我只谈换装底事，就算这是问题底次要方面吧。

一句话，就是："洋八股必须废止，空洞抽象的调头必须少唱，教条主义必须休息，而代之以新鲜活泼的、为中国老百姓所喜闻乐见的中国作风和中国气派。"这是毛主席在抗日民族解放战争初期对我们的教诲，仍然可以作为准绳用来解答我们今天的问题。具体说，就是：洋学生腔的自由体必须作罢，而代之以山歌、小调、鼓词、快板等歌谣体。

我只是说，洋学生腔的自由体必须作罢；却并不认为，自由体都是洋学生腔。我不一般地反对自由体。而且，我以为自由体也不是不可能下乡上山，只要它能脱胎换骨，去掉那洋学生腔。不过，真正"新鲜活泼的、为中国老百姓所喜闻乐见的中国作风和中国气派"的诗歌，在目前说，主要还是歌谣体，这也是无可否认的。

所以，必须学会歌谣体，必须大力写作歌谣体的新诗，用它来抒人民之情，叙人民之事。

这里，有两个问题，需要简单地谈一谈。

第一是关于"歌谣体的新诗"。

中国和外国都有些进步的诗人，像何其芳、阿拉贡、伊萨柯夫斯基等，根据不同的理由，反对或怀疑"歌谣体的新诗"。他们底看法，大体可以综合为两点：（一）不能以歌谣底主题来创造新诗。因为诗歌是诗人创造性劳动底成果,它必须反映出诗人对生活的理解,反映出诗人新的发现,反映出诗人真实的思想和感情,不能把它混同于一般的歌谣。这原是完全正确的。不过,所谓歌谣,本来也没有固定的范围。有了新的生活,跟着也便产生新的歌谣。只因为它往往出于无名者之手,又总是为广大人民所传唱着,所以大都被认为集体创作,难以寻找出它底个性化的风格特征。但是,如果在主题思想上,企图把歌谣与新诗之间划上一道不可逾越的鸿沟,却不免是大大的主观主义。不必旁征博引,只见目前……涌现出了多少生动活泼的新歌谣,丰富多彩地反映了广大农民底社会主义干劲?难道这些不正可以作为诗人创作底主题吗?(二)不能用歌谣底形式来创作新诗。他们认为:只可向歌谣学习语言和表现手法,却不能去模仿歌谣。如果不突破歌谣底形式,是难以表现出时代精神或现实生活的。这也有部分的道理。我不反对突破,但不赞成必须突破。歌谣底形式既然还活在广大人民当中,广大人民能够用它来说来唱,表现生活感受,描写新鲜事物,为什么到了诗人手里,它就不灵了呢?而且考虑到这些老百姓所习闻常见的形式,也正是老百姓所喜闻乐见的形式,诗人们如果能够"按谱填词",模仿一下,岂不是更容易为广大人民所接受吗?当然,我不是说习闻常见就等于喜闻乐见,我也绝不反对推陈出新。但是如果认为歌谣底形式已经僵化,已经容纳不下新的生命,这无疑是不合乎实际情况的。难道李季同志底《王贵与李香香》,不正是陕北底信天游吗?再看永远活在匈牙利人民当中的伟大诗人裴多菲,据说,人们念着他底许多诗篇,已经"感觉不出诗人底创作和大众底民歌之间有什么分别。到了今天,有五十多首裴多菲底诗,已经成了匈牙利底真正的民歌"(见作家出版社《裴多菲诗选》第3页)。难道这不正是我们今天的新诗人应该努力追求的途径吗?

这样看来,反对或怀疑"歌谣体的新诗",是不必要的,反对或怀疑的各种理由,都是片面的。创作实践已经证明:歌谣体的新诗是能够成立的;如果考虑到下乡上山,它更是一定能够成立的。每个诗人都必须学会歌谣体,必须大力写作歌谣体的新诗。—— 当然,首先应该是新诗,描绘新的生活现实,表达真实的思想感情。其次又是歌谣体,使用活生生的群众语言,注意一定的节奏韵律。不顾内容,只在形式上模拟,制造一些"哥哥呀妹妹呀"的滥调,那是倒退,此路不通。反之,如果不能真正掌握形式,仅仅是把学生腔加以整齐化,虽然自认为是歌谣体,却仍不能下乡上山。所以,必须内容和形式兼顾,而以内容为主,也就是说,必须是"歌谣体的新诗"。

第二是关于"抒人民之情,叙人民之事"。

是的,必须"抒人民之情,叙人民之事"。如果诗篇中所表达的不是人民迫切的要求,所描绘的不是人民关心的事情,人民不会理睬它,还谈什么下乡上山? 另外中国有一句老话:"诗言志。"就是说诗篇中所表达的所描绘的必须是诗人底志,即诗人底思想感情。这也是对的,如果诗篇中所表达所描绘的,连诗人自己都不曾感动过,那还能指望感动别人吗? 因此,必须把人民之情、之事,和诗人之志,统一起来,而不是对立起来。正确的说法,应该是诗人底思想感情和人民大众底思想感情打成一片。因为革命的诗歌,一定是人民生活在革命诗人头脑中的反映的产物。这样看来,"抒人民之情,叙人民之事",这个大前提必须肯定,不容打折扣。片面强调"言志",不论什么鸡毛蒜皮,都以之入诗,那必然堕入魔道,钻进死胡同里,行不通;而一笔把"言志"勾销,以为只要是重要题材或重大主题就够了,那也就会把"诗"勾销的。说到底,这还是脱胎换骨底问题。诗人必须站在人民之中,而不是之上、之外。这样,人民之情、之事,便是诗人之志;反之,诗人之志,也便是人民之情、之事。这里当然有主次之分,是大众化,而不是化大众。这是由于诗歌底源泉是人民生活,而不是诗人头脑。但是,诗歌底产生,则必须是人民生活在诗人头脑中的反映。没有这种头脑,自然也就没有诗歌。因此,"诗言志"也是必须肯定,不容打折扣。

于是，问题就来了。有不少诗人习惯于用知识分子底语言写自由体的新诗，只有这样，才能畅所欲言，才能"言志"，才能表现独创性，才能闪烁光华。他也不反对歌谣体，甚至还写作歌谣体，但是只能"形似"，不能"神肖"。这样，在创作实践上，便把"抒人民之情，叙人民之事"，同"诗言志"截然分开了：用自由体言诗人之"志"；用歌谣体抒人民之"情"、叙人民之"事"，甚至只能"叙事"，不能"抒情"。超不出模仿群众歌谣的水平，没有个性化的风格特征。这样，只能算是把新诗还原为歌谣，而不能算是创作了歌谣体的新诗。这是怎么一回事？

有人认为这正说明了歌谣体底局限性，它本来就不便于"言志"。

但是，我以为这还是脱胎换骨不到家的缘故。在生活上，在思想感情上，还没有真正和人民大众打成一片，还只能用知识分子底语言而不是人民大众底语言来表达自己底内心世界，还只是为了猎奇而并不真正喜欢群众歌谣底节奏韵律，只是由于一时权宜之计，才脱掉皮鞋丝袜、制服洋装而穿上粗布大袄，灵魂深处仍然是一位油头粉面的翩翩然佳公子也。这样，自然就会感到歌谣体底"局限性"。陕西的王老九，内蒙古的琶杰，创作出了多少热情洋溢的诗篇？歌唱领袖，歌唱新生活，都得心应手，毫无滞碍。为什么他们就不曾感到歌谣体底"局限性"呢？所以，实际起"局限"作用的，只是诗人底生活和思想感情,而不是歌谣体,真正须要突破的,只是诗人底生活和思想感情,而不是歌谣体。——自然,我也并不反对歌谣体底突破,这是另外一回事,这里不多说了。

以上两点,便是我对诗歌换装的意见。因为换装和脱胎换骨是同一问题底两个方面,所以,说是不谈结果还是谈了一些有关脱胎换骨的看法。总之,目的是在解决诗歌底下乡上山问题。不过,问题是否能够这样解决得了,我是没有把握的,只算是一孔之见吧。

至于诗歌底民族传统问题,说来话长,我有意避而未谈。当然,接受民族传统,也还是为了结合人民大众;而既要结合人民大众,就必须接受民族传统。对这一问题,在前面虽然没有涉及,可是我以为:诗歌中的歌谣体,便是中国诗歌传统底主要表征,它是仍然活在人民大众当中的诗歌底传统形式。不必再详细论述了。另外,旧体诗词,当然也可以写,而且也能写出真正的好诗来。不过,比起歌谣体,它是距离人民较远的,为了送诗歌下乡上山,旧体诗词没有大加提倡的必要。

一九五八年三月九日北京西郊

这篇文章,可以说是鲜明地表达了公木对民间文学尤其是民间歌谣的赞赏态度。这一年的 3 月,《人民文学》以"口唱山歌劲头足——采风新录"为总题目集中发表了公木辑录的 70 首民间歌谣。他说:"豪迈的诗歌产生于豪迈的生活,反转来又促使生活更加豪迈。""本来波澜壮阔的现实,就是空前壮丽的诗篇。献身于这种向自然大进军的亿万人民,又怎能不纵情歌唱呢?""毫无疑问,这些山歌、快板、顺口溜都是当前诗歌中最生动、最活泼、最朴实、最刚健的作品。""比起专业诗人的鸿篇巨制来,这些当然就是短小、简单、粗糙、草率的。但是它们短小,却生动;它们简单,却活泼;它们粗糙,却朴素;它们草率,却刚健。我们丝毫没有借此贬低诗人创作的意思,当时如果把诗人的专业创作与诗人的口头创作割裂开来,甚至对立起来,那就不妙,而且不好得很。其结果必然导致诗歌的衰落、破灭。某些诗人的浅吟低唱,在和这些粗壮豪放的群众歌声对比之下,不是更显出空虚无力,都变成靡靡之音了吗?"

何其芳在读到公木发表的《诗歌底下乡上山问题》之后,于1958年6月10日为《处女地》杂志著文《关于新诗的百花齐放问题》加以反驳和讨论。他说有同志问他:"你在什么时候反对过民歌体的新诗?"何先生说自己从来没有反对过。于是那位同志告诉他,那年5月号的《人民文学》上,公木有一篇谈诗歌的文章,说他"反对或怀疑"过歌谣体的新诗。

何其芳先生为了证实自己并没有"反对或怀疑"过歌谣体的新诗,他说:"翻出我一九五〇年写的《话说新诗》,一九五四年写的《关于现代格律诗》来看了一下,我记得这两篇文章直接谈到过这个问题。结果证明我并没有记错。在《话说新诗》里,我说民歌体比五七言诗的限制小一些,可能有发展的前途,因而可能成为新诗的一种重要形式,并且认为说书、大鼓、快板等民间韵文,对于农民群众和文化水平比较低的群众是一些很可利用的形式,写得好也就是诗。在《关于现代格律诗》里,我再一次肯定突破了五七言诗的字数整齐的民歌体可以作为新诗的体裁专一而存在,并且认为在文化水平不高的群众中间,民歌体和其他民间韵文形式完全可能比现代格律诗更容易被接受。这样的意见是不能叫作'反对',也不能叫作'怀疑'的。"①

何先生在这里换了一个概念,他说自己在两篇文章中没有"反对"和"怀疑"过民歌体,但是并没有说自己在这两篇文章之前和之后的文章及谈话中是什么态度。

公木在延安鲁艺抗战资料室专门搞民间文学工作,和何其芳先生一起工作过,二人还共同编选了著名的《陕北民歌选》,何先生对民歌和歌谣体新诗的态度,公木应该是有印象的。但公木在文章中所写的这种印象,却并不一定就是由何先生所举的《话说新诗》《关于现代格律诗》这两篇文章而来。

当然,公木的这种说法也可能来自日常接触交流,没有文字上的证据可以证明。而且,公木自己也的确可能存在记忆上的偏差。不过,诗人食指(郭路生)前些年也曾在一篇访谈录里回忆:"何其芳不喜欢民歌。"他说:"我还到何其芳那儿找了很多民歌,何其芳不喜欢民歌,都让我拿走,我背了这么一摞子民歌到农村去看。所以我后来在乡下写了一些民

---

① 何其芳:《关于新诗的百花齐放问题》,载《处女地》,1958(7)。

歌体的诗歌,比如《窗花》:'地主窗上冰花在,俺家糊纸花不开。红纸巧手细剪裁,一朵窗花剪下来。太阳一出乐开怀,温暖穷人心里揣。地主窗上冰花败,俺家窗花向阳开。'"食指在上中学的时候,曾在他的同学、何其芳的女儿何京颉的带领下,去拜访过何其芳,何其芳向他讲解过诗歌的格律,成为他的启蒙老师。但他这一段话,从一个侧面可以证明,公木的说法也可能是有一定根据的,并不一定就是凭空虚构出来的无稽之谈。

公木认为"我们今天的新诗'还没有走出知识分子底圈子'",因而认为"每个诗人都必须学会歌谣体,必须大力写作歌谣体的新诗"。文章中有这么几句话:"陕西的王老九,内蒙古的琶杰,创作出了多少热情洋溢的诗篇? 歌唱领袖,歌唱新生活,都得心应手,毫无滞碍。为什么他们就不曾感到歌谣体的'局限性'呢? 所以,实际起'局限'作用的,只是诗人的生活和思想感情,而不是歌谣体,真正要突破的,只是诗人的生活和思想感情,而不是歌谣体。"

何其芳为了证明这种说法站不住,于是仿照这几句话来否认旧诗词的限制。他说:"我们也可以这样说:古代的李白和杜甫、苏轼和辛弃疾,现代的毛主席和鲁迅,他们创作出了多少热情洋溢的旧诗词? 揩写过去的生活,歌唱新的生活,都得心应手,毫无滞碍。为什么他们就不曾感到旧诗词的'局限性'呢? 所以,实际起'局限'作用的,只是诗人的生活和思想感情,而不是旧诗词。真正需要突破的,只是诗人的生活和思想感情,而不是旧诗词。"①

何先生不是反证王老九等人的诗歌不是"得心应手,毫无滞碍",或者反证出歌谣体有局限性的例子再或者列举出诗人不需要突破"生活和思想感情"的理由,而是又用了调换概念的办法,以旧体诗词来打比方。

何其芳说:"陕西的王老九也好,内蒙古的琶杰也好,不管他们主观上感到了歌谣体的限制与否,都是不能用来抹杀客观存在的歌谣体的限制的,正如不管李白和杜甫、苏轼和辛弃疾,他们主观上感到了歌谣体的限制与否,都不能用来为旧诗词的限制辩护一样。"②

公木谈的是诗歌的下乡上山问题。说到下乡上山,就是说诗歌的内容要融入农村和农民生活,他那篇文章谈到"农民容易接受什么样的诗歌;整个新诗的民族形式、民族风格应该如何解决;歌谣体是否有限制"等问题。公木认为,因为农民容易接受歌谣体的新诗,所以真正"新鲜活泼的,为中国老百姓所喜闻乐见的中国作风和中国气派"的诗歌主要还是歌谣体。

何其芳先生同样用了改换概念的办法来反驳说:"农民长期习惯于歌谣体是事实。然而总不能否认工人及其他人民群众也是诗歌的对象吧。今年四月号《诗刊》上发表的工人同志关于诗的形式的意见,就并不一样……这些事实难道

---

① 何其芳:《关于新诗的百花齐放问题》,载《处女地》,1958(7)。
② 同上。

还不能证明在工人中间,已经有相当一部分人接受了歌谣体以外的新诗吗?就是农民……他们的文化生活将越来越丰富和提高,也不会永远只是能接受歌谣体的。"①

在反驳文章的结尾,何先生说:"我的辩论暂且到此为止。我愿意倾听公木和其他同志的不同的意见。"②

何其芳先生这篇《关于新诗的百花齐放问题》,在诗坛上引来很多不同意见,《人民日报》《诗刊》《文艺报》《萌芽》《处女地》等相继发表了张先箴写的《谈新诗和民歌》,宋垒写的《与何其芳、卞之琳同志商榷》《分歧在这里》,沙鸥写的《新诗的道路问题》,萧殷写的《民歌应当是新诗发展的基础》,陈骢写的《关于向新民歌学习的几点意见》,曹子西写的《为诗歌的发展开拓道路》,李根宝写的《不是形式限制问题》,田间写的《民歌为新诗开辟了道路》和张光年写的《在新事物面前》等文章反驳何先生的观点。

从这些不同的文章,可以了解当时不同的观点和文风。

---

① 何其芳:《关于新诗的百花齐放问题》,载《处女地》,1958(7)。
② 同上。

第 16 章　开个大会

　　北京图书馆 1956 年 5 月 12 日曾请公木去该馆就全国青年文学创作者会议的意义与成就作过一次讲座。据北京图书馆群众工作组编印的公木发言记载：1956 年 3 月 15 日至 31 日，中国作家协会和团中央联合召开的全国青年文学创作者会议在北京举行。来自 25 个省、自治区、直辖市的男女青年文学创作者 499 人（中国作协《创作通讯》记载是 497 人）出席了会议。其中工人、农民、企业职员、机关干部、部队官兵、教员、学生、记者、编辑等业余青年作者占 82％。到会的除汉族青年作者外还有维吾尔族、蒙古族、回族、藏族等少数民族的青年作者 55 人。

　　这些青年作者大都是中华人民共和国成立以后成长起来的，从事文学创作活动一般不超过四五年。正如公木所言，他们是热情蓬勃、英姿焕发的青年。他们来自不同的岗位：来自农村，来自战场，来自车间，来自矿井，来自扰攘的工地，来自幽静的课堂，来自繁华的城市，来自偏远的边疆。他们发出饱含着深情的声音，合唱出新世纪的乐章。

这个会议的召开,是作家协会工作中的重要事件。公木作为此次会议的秘书长,从 1955 年 10 月起就开始集中力量筹备,并具体负责领导、组织这次会议。

在会上,许多作家针对如何深入生活、如何提高艺术创作技巧等问题做了精辟的分析和阐述。自 3 月 9 日起,大会按照文学类别分组讨论。公木和马烽等人分别参加各组讨论,就诗歌、小说、戏剧、电影、曲艺、儿童文学、理论批评等方面作了中心发言。公木发言的题目是"关于青年诗歌创作问题"。

小组会告一阶段后,赵树理、陈其通等及青年作者二十余人向大会作了发言。老舍还就《青年作家应有的修养》和《关于语言规范化》等发表了自己的意见。

公木在大会上所讲的《关于青年诗歌创作问题》中分别表扬了未央、胡昭等二十多位青年诗人的作品。他说:"从这大概的轮廓当中,我们也可以看到:一大批有才能的诗人正在成长着,有的已经成长起来了。在祖国目前随着经济建设的高潮而到来的文化建设高潮中,他们组成了诗歌的行列,热情蓬勃地参加了建设和斗争,并且给读者以年轻火热的振奋鼓舞的力量。"①

另外,他还对一些年轻诗人提出了批评。他认为诗人应该通过各种方式,懂得和做好更多的事,熟悉和理解更多的

---

① 公木:《关于青年诗歌创作问题》,见《公木文集》(第六卷),长春,吉林大学出版社,2001年,12 页。

人,要把生活的深度和广度很好地配合起来,统一起来。井底之蛙难以触到时代的脉搏,而飘浮的游丝也经不起风浪。青年诗人在创作上存在的主要缺陷,也正是由于对生活拥抱不够紧、经历不够多、理解不够深而产生的。

在做出评述之后,公木说:"这是一条公律:凡是臆造的、没有生活根子的、从概念出发而写出的诗,都必然空洞而枯燥。因为诗必须以特殊的具体的事件来反映普遍的真实的生活,这特殊的具体的事件只能得自实际生活,即使它是通过灵感得到的,即使它是依靠想象创造的,都必须符合于生活的真实,不能凭空捏造。形象只能从生活中摄取,不能从脑子里杜撰。没有在生活中受孕绝对产生不出有生命的诗篇。"①

---

① 公木:《关于青年诗歌创作问题》,见《公木文集》(第六卷),长春,吉林大学出版社,2001年,12页。

第 17 章 重上讲坛

1961 年年末(一说是 1962 年 1 月),公木由吉林省委直接分配至吉林大学中文系古典文学教研室任教员兼代系主任。他第一次和同事们见面寒暄之后,就坦率地提出,除了开先秦文学史基础课外,还可以开许多选修课,如诗经、先秦寓言、毛主席诗词,还可以研究老子。

匡亚明时任吉林大学校领导,吉林大学至今流传着许多他在吉大的故事。有一次,外单位的一位同志来吉大教务处办事,教务处没人,匡校长见了对这位同志说:"很对不起,让你白跑一趟,你先回去,明天我找人去你那里办这件事。"回到办公室以后,匡校长马上把门卫叫来,说:"你去把教务处的牌子摘下来。"门卫只好照办。教务长回来后,看到牌子没有了,四处找,门卫告诉他去匡校长那里找吧。教务长找到匡校长,被匡校长狠骂了一顿:"你这块牌子是吉林大学的一张脸,你今天就是丢了吉林大学的脸。"(这个故事还有一个版本,说有一青年教师到校部机关某科室办事,结果去了没找到人,恰巧被匡校长遇到,老校长当时就告诉那个青年教师:你把他们的牌子摘下来。)

1985 年 9 月,公木与匡亚明私下相约:"偕登寿域,共庆建校 60 周年。"还乘兴写诗为证:"满月凌空舞,夕阳耀远红。三千零六载,百岁又七翁。桃李无言语,径蹊自纵横。六十周年日,弦歌鸣放宫。"

在吉林大学,公木一心扑在教学上,还热心辅导学生们办墙报、搞创作,为一些文学爱好者看稿、改稿,并编写了几十万字的"毛泽东诗词"讲义,都是油印,没有正式出版。他重基础,又思路开放,重视对学生知识面的拓宽和能力的提高。当时就读于吉林大学经济系的史升吉回忆说:"当时的大学学习氛围十分宽松,

1961 年,公木初入吉林大学

本系的课可以选择不听,外系的课可以自选着听。我就经常到中文系听课,尤其是公木先生的课。只要我知道了,就必去听。一次,从中文系教务处公示上得知,公木先生将要在 500 人阶梯教室讲魏晋南北朝诗论。为了占个好座位,我提前一小时来到阶梯教室。可我还是来晚了,连一个空位都没有了。我只好选一个离讲台稍近一点的水泥台阶上落座。

公木先生提前十几分钟即来到教室。他一身中山装,脚穿黑色布鞋,一头似被智慧和睿智冲击得有些杂乱的花白头发,双手空空地走到讲台前。他本可以坐在电化教学的操作桌前,在玻璃板上书写,文字即可反射到屏幕上,可他从来都是站着讲,一讲就是三个多小时。把那么晦涩、难懂的古诗,讲得整个教室如空山鸟语般的寂静。那时而婉转、时而激越、时而铿锵的音乐史诗般的朗诵,会引领你走进那先人的诗的意境中去,令你虽聆听一次而永生难忘。下课后,众学子意犹未尽,将公木先生团团围将起来。我抢了个空,向先生讨教一个问题。先生没直接回答我,而是先问我是哪个系的,我如实禀报后,先生一脸慈祥地对我说:'如果愿意,可以经常来听,也可以直接到我家来……'"

1962 年,诗人颜廷奎正在吉林大学中文系读书,他回忆说:"公木……在新生欢迎会上,着一身驼色中山装,刚刮过胡子,显得刚毅而蓬勃。他发表了热情洋溢的致辞,至今我还记得其中的一句话:'知古而不知今谓之盲瞽,知今而不知古谓之陆沉。'这句话出于何处我不知道,但确是他治学和创作的经验之谈。然而低年级的学生一开始是听不到他的课的。幸运的是,系里要创办一个系刊,一个年级出一个编委,公木任名誉主编。我作为一年级的代表忝列其中。这样就有机会经常聆听他的教诲。这样的接触能获得许多课堂上所不能获得的东西,也更能了解一代师表的品格学问。系刊的名称叫《耕耘》。第一次开编委会,公木就对我们说:'不要小看这板报式的刊物,许多大作家、大诗人都是从办小刊物开始的。它可以锻炼我们的鉴赏能力,在编稿过程中,还可以学到许多知识。而且,做一个编委,也要自己写稿、写编者按或编后语,对提高自己的写作也是一个促进。所以,你们一定要好好干,严肃、认真、细致、负责地把刊物办好。' 他还写了一首七律发表在《耕耘》创刊号上。公木的言行鼓舞了我们的办刊热情,从 1962 年秋直到 '文革' 前夕,《耕耘》每月一刊,办了三年多,发表了几百篇同学和老师的诗文,在文科各系小有影响。记得在讨论影片《早春二月》时,当时一片批判声,我们班的一位叫张况的同学却写了一篇《二月是早春》的评论,对影片持肯定态度。我们拿不准,去征求公木老师的意见。他说:'作为系刊,应该允许不同观点的文章发表,百花齐放、百家争鸣嘛! 发吧,一切都由我负责。' ……我们为他担心,他说:'这是学术、艺术上的讨论,既然是讨论,总不能都是一个腔调吧!' ”

为《耕耘》题诗后,大四学生的《蒲公英》便告创刊,也请公木题词,公木也欣然写了一首《蒲公英》。又有三年级同学的《啄木鸟》创办,公木亦有所题。1963 年 5 月 9 日下午,吉林大学在图书馆的小礼堂里举办讲座。公木主讲“继承和发扬古典诗歌中的现实主义和浪漫主义传统”。由于事先张贴出海报,因此来的人特别多,除了中文系的师生外,文科各系、理科各系的师生也都慕名而来。公木讲了六个问题,用了两个半小时。公木最后说:“我们不会一帆风顺,还会遇到重重的暴雨狂风。'长风破浪会有时,直挂云帆济沧海'——
这正是我们今天《行路难》中的无限风光。"公木把他在鞍钢
和文学讲习所的热情,用到了教书育人上,也受到了学生们
的喜爱。据郝长海先生回忆,吉大的鸣放宫里放映电影《白
毛女》,当学生们在银幕上看到自己的老师公木的名字时,整
个礼堂掌声雷动。另据武绍岩先生回忆:"我们从鸣放宫开
会列队回来路过公木家时,都情不自禁齐唱《英雄赞歌》,恍
如昨天……"

　　1963年1月9日下午,公木主持了由吉林大学中文系主
办的学习毛泽东诗词座谈会。公木首先讲话:"主席是时代
的巨人,主席的诗词是诗中的太阳,他的心与我们的心是相
通的。我们应该凭自己的能力飞翔在主席开拓的大如宇宙
的广阔的意境中。"之后大家纷纷发言,从不同角度谈自己对
主席诗词的看法。之后,根据吉林大学的安排,公木随吉大
师生到吉林省辽源煤矿参观辽源方家坟万人坑和阶级教育
展览馆。公木参观后,心潮起伏,奋笔疾书,写下《明天》和
《诛奸檄》。前者是歌颂煤矿工人在中国共产党的领导下迎
来幸福生活的喜悦心情;后者则是对煤霸大把头蔡九龄的欺
骗与残酷压榨工人罪行的揭露与鞭挞。

　　在此期间,郑律成又来了,他邀公木一同去云南采风,一
起创作歌剧。他讲了许多有关写歌剧的想法,公木同意他的
观点,并且认为中国的剧诗是在歌诗基础上发展起来的,不
同于希腊悲剧、喜剧,也不同于莎士比亚,它们是在诵诗基础

上发展起来的。当然,西方的歌剧作为剧诗,也是在歌诗基础上发展起来的,新歌剧(即新剧诗)应该从这条路上探索、前进。他们观点相近,但是公木没有放下教学工作,前去云南采风,因此继续创作歌剧的愿望,也始终没有实现。

第 18 章　小白楼一夜

　　1963 年夏秋间,导演武兆堤和演员田方、作曲家刘炽突然一起来到公木家里,这使公木很惊讶。

　　刘炽和田方、武兆堤都是公木在延安时的老朋友。导演武兆堤出生在美国匹兹堡,5 岁时随父母回到中国。19 岁那年他只身去了延安,成为一名文艺兵。在此之前,他已经和苏里联合导演了中国文学讲习所前副所长邢野等编剧的影片《平原游击队》。

　　经过十几年的风雨,老战友相见,公木非常激动,但当他们说明来意——请他为长春电影制片厂的电影《英雄儿女》创作主题歌的歌词时,却被公木拒绝了。

　　武兆堤态度坚决地说:"这首歌的歌词创作非你莫属。"公木实在架不住几个人反复相劝,终于答应下来。武兆堤他们见公木答应得不是太痛快,还是有点不放心,便把公木硬拽到长春电影制片厂著名的小白楼。

　　这座小白楼原本是一个伪满军政大臣的别墅,因位置有些四处不靠,就划给了长影,正好可以用来接待一些演员、作家。《保密局的枪声》导演常彦曾说，那个时代，几乎所有著名电影人一到长影就住进小白楼，小白楼逐渐变成了中国电影人的圣地。长影几乎所有优秀影片都是在小白楼创作出来的，像《英雄儿女》《冰山上的来客》《千万不要忘记》《我们村里的年轻人》《红牡丹》《车轮滚滚》《创业》等。

这栋二层小楼坐落在长影大院的西北角，在长影属于边缘地带，比较安静。二楼是外请作家招待所，共七八个房间，顶多能住十来个人。大多数外地作者去长影改剧本，常常是被安排到长春红旗街长影的大招待所，只有名气大的作家和剧本接近成熟的作者，才能住上小白楼。

公木住的这间房有二十多平方米，摆了两张床、两个写字台还绰绰有余。他在这里住了一夜，就写出了 4 段歌词。由于这首歌是接受电影编导的邀请写下的，写什么内容、用什么形式写、写多长、对歌词的要求都要听从编导的安排，并要和作曲者协商。当公木听编导讲述了一遍《英雄儿女》的故事情节和所需要突出的主题思想后，他的思绪不由得回到战火纷飞的年代，他又想到自己在 20 世纪 50 年代初写的诗作《烈士赞》的最后两节：

　　　　当你抱起爆炸筒，

　　　　和敌人一同粉碎，

　　　　敌人永远化作脚下的污泥，

　　　　你就变为一颗灿烂的金星。

　　　　你在天的高空里照耀，

你在战士的头顶上照耀，

你在荫庇我们的国旗上照耀，

你在人民的心坎里照耀。

虽说故事情节是听来的，却已经融入公木的心里，《英雄赞歌》的初稿就在公木的心底酝酿成熟了。借着迷蒙的星光，这首歌词一挥而就，构思与《烈士赞》一样：第一段由王芳唱王成，第二段唱王成的英勇，第三段唱王成的壮烈牺牲，第四段唱对英雄的赞颂。四段按顺序一气呵成，前三段紧紧扣住电影的故事情节，最后一段升华为具有普遍意义的赞歌。不过，等到与编导和作曲者共同商讨的时候，《英雄赞歌》变成了三段。根据刘炽的建议，公木把第四段改为"和词"，分别放在前三段每一段的后面，反复唱三遍，这样重章迭咏的表现手法，在《诗经·国风》中极为普遍，反复循环，荡气回肠，更加深化了赞颂的情谊。公木在1956年曾经写过一首《广州》，其中的几句诗"广州儿童的领巾，为什么格外发红？因为它是公社烈士用赤血染成，映日飞彩鲜又明"，就是"为什么战旗美如画，英雄的鲜血染红了它"的雏形。后来，公木根据作曲者和编导的建议，把改作"和词"的一段压缩为四句，并将原来中东辙的韵脚改换为更响亮的发花辙的韵脚，这样唱起来更有气魄。前三段每段的第二句，都重复三个字，如"侧耳听""裂长空""天地崩"，这是根据作曲家刘炽先生的要求添加的。就这样，一首歌词便产生了：

风烟滚滚唱英雄，

四面青山侧耳听,侧耳听。

晴天响雷敲金鼓,

大海扬波作和声。

人民战士驱虎豹,

舍生忘死保和平。

为什么战旗美如画?

英雄的热血染红了它。

为什么大地春常在?

英雄的生命开鲜花。

英雄猛跳出战壕,

一道电光裂长空,裂长空。

地陷进去独身挡,

天塌下来只手擎。

两脚熊熊趟烈火,

浑身闪闪披彩虹。

为什么战旗美如画?

英雄的热血染红了它。

为什么大地春常在?

英雄的生命开鲜花。

一声吼叫炮声隆,

翻江倒海天地崩,天地崩。

双手紧握爆破筒,

怒目喷火热血涌。

敌人腐烂变泥土,

勇士辉煌化金星。

为什么战旗美如画?

英雄的热血染红了它。

为什么大地春常在?

英雄的生命开鲜花。

公木在长影小白楼一夜写出《英雄赞歌》的故事很有传奇色彩,但是如果没有战斗生活的磨炼,没有《烈士赞》《广州》等作品的前期积累,也是做不到的。

《英雄赞歌》的曲作者刘炽先生曾跟公木一起在延安的十里盐湾闹过秧歌,是老熟人,他15岁便成为红军人民剧社的小演员,一生留下800多部作品,所涉领域极其广泛。《祖国颂》《我的祖国》《让我们荡起双桨》《新疆好》等作品旋律优美,感情浓郁,传唱非常广泛。《英雄赞歌》也是刘炽先生的代表作品之一。据说这首歌的旋律受到了鄂尔多斯草原民歌《巴特尔陶陶呼》的启发。20世纪70年代末,公木和刘炽又合作为电影《豹子湾战斗》创作了主题歌,演唱者是著名歌唱家王昆。王昆的先生周巍峙是《中国人民志愿军战歌》的曲作者。几位老文艺战士,就这样和抗美援朝结下了一份奇妙的缘分。

公木于1998年10月30日因肾功能衰竭在吉林长春辞

世;刘炽先生于 1998 年 10 月 23 日去世。两位先生虽并非同
年同月出生,但离开人世时却像约好一样,同年同月,祭日只
相差了 7 天。

1965 年,《英雄赞歌》发表,当时叫《英雄的赞歌》

2000 年 10 月 12 日,发表在《光明日报》的一篇文章将
《英雄赞歌》这首歌的词作者误写成了"毛烽、武兆堤"。

《光明日报》于当年 11 月 16 日刊发了公木夫人吴翔的
一篇短文,重新回顾了《英雄赞歌》的创作过程:

《英雄赞歌》的词作者是谁

《英雄赞歌》已创作 30 多年了。词、曲的作者是谁,
大家基本知道。但对词作者错认的有时也见于报端,所
以有必要说说这支歌的创作过程。

　　1963 年长春电影制片厂拍摄了故事片《英雄儿女》,编剧毛烽、武兆堤,导演武兆堤。是年夏秋之间,武兆堤、田方、刘炽到公木家,说明这部电影的主题思想、分镜头、对歌词的要求等,要公木给写歌词。公木想到 1950 年曾写诗《烈士赞》,便答应为电影写歌词。共写四首词,每首六句。刘炽在谱曲时,希望有副歌,唱起来更好听。公木以诗是乐心,曲是诗的翅膀,诵诗与音乐和起来双美,便把第四首的六句改写成四句作为副歌。《英雄赞歌》就这样写成了。

　　想不到今年在《光明日报》10 月 12 日刊登《歌唱最可爱的人——抗美援朝题材歌曲的回顾》一文中,写成“毛烽、武兆堤作词,刘炽作曲的《英雄儿女》插曲《英雄赞歌》至今广为流传”等。因此我(公木家属)要《光明日报》将真正词作者和创作过程公之于众,以正视听。这不是为词作者争名,而是求真。

吴翔

2000 年 10 月 31 日

　　公木并非专业词人,作词不过是偶尔为之,但其少量词作却大多数都能够迅速引起人们的共鸣。他为《英雄儿女》创作的这首《英雄赞歌》,被听众评为“金刚怒目式作品的典范”。

第 19 章　改动

　　1969 年,公木被通知去吉林省委党校,加入那里的军歌歌词修改小组(简称改词组)。改词组的主要工作任务,就是修改公木作词的那首《中国人民解放军进行曲》。他们每天的吃住都在那儿。

　　公木写的歌词,曾经多次根据当时的形势和任务在传唱中被改动,仅以《八路军进行曲》为例。

　　抗战时期,《八路军进行曲》流传到国统区重庆之后,《新音乐》月刊的两位主编李凌和赵沨决定把这首歌儿介绍给大后方的民众。为了应对期刊审查,李凌和赵沨把这首歌儿做了一些改动,在保留原曲调的情况下,对歌名、演唱形式及个别词句做了细微调整。

　　《八路军进行曲》不但受到八路军战士的喜爱,国民党军也被其雄壮的气势和铿锵有力的风格所吸引。1945 年抗敌演剧队第 5 队进入缅甸慰问中国远征军时,抗日将领、新一军军长孙立人把该队演唱的《军队进行曲》(1940 年在重庆《新音乐》月刊发表时所用的歌名,也就是《八路军进行曲》)

暂定为该军的军歌（也有资料记载孙立人部流行着三首军歌：一是孙立人父亲孙熙泽所作的《新一军军歌》，二是《知识青年从军歌》，还有一首就是《八路军进行曲》）。其中"我们是一支不可战胜的力量"被他修改为"新一军是一支不可战胜的力量"。据1997年全国政协文史资料委员会编纂的《纪念孙立人文集》中记述："他（孙立人）也特别喜欢'向前向前向前！我们的队伍向太阳'这支进行曲，并让在部队中教唱。直到后来听说这支歌成了《人民解放军进行曲》，才停止了传唱。"另外据山东师范大学教授、原国民党军第二绥靖区青年教导总队音乐教官、中共地下工作者聂景康披露：山东的国民党军第二绥靖区青年教导总队曾用《人民解放军进行曲》原谱，改写了歌词，当成军歌。后来青年教导总队被俘士兵参加解放军，学唱《人民解放军进行曲》时，一学就会。一问才知道，他们早就会唱。

1946年出版的《新中国歌集》刊载的歌词是这样的："向前向前向前！我们的队伍向太阳，脚踏着祖国的大地，背负着民族的希望，我们是一支不可战胜的力量。我们是善战的健儿，我们是人民的武装。从无畏惧，决不屈服，永远抵抗，直把那日寇驱除国境，自由的旗帜高高飘扬。听，风在呼啸军号响，听，抗战的歌声多嘹亮。同志们整齐步伐奔向解放的疆场，同志们整齐步伐奔向敌人的后方。向前向前！我们的队伍向太阳，争取民主自由，争取民族解放。"

1949年由北平书店出版的歌本《大众歌集》刊发的《人

民解放军进行曲》歌词是这样的："向前向前向前！我们的队伍向太阳，脚踏着祖国的大地，肩负着人民的希望，我们是一支不可战胜的力量。我们是善战的健儿，我们是人民的武装，从不畏惧，决不屈服，英勇战斗，直到把蒋伪军消灭干净，全中国人民彻底解放。听，风在呼号军号响！听，蒋区人民呼喊反抗！同志们整齐步伐奔向解放的战场，同志们整齐步伐拯救受难的同胞。向前向前！我们的队伍向太阳，争取民主自由，争取民族解放。"

1951 年，中国人民解放军总政治部统一修订了《人民解放军进行曲》的歌词及曲谱，发表在总政文化部编印出版的《部队歌曲选集》第一集。1951 年 2 月 1 日，中央人民政府人民革命军事委员会总参谋部命令颁布的《中国人民解放军内务条令（草案）》的附录二，曾以《人民解放军军歌》之名发布了该歌曲；1953 年 5 月 1 日颁布新的《中国人民解放军内务条令（草案）》，附录二重新以《人民解放军进行曲》之名发布了这首歌。标准版歌词是这样的："向前向前向前！我们的队伍向太阳，脚踏着祖国的大地，肩负着人民的希望，我们是一支不可战胜的力量。我们是工农的子弟，我们是人民的武装，从不畏惧，决不屈服，英勇战斗，直到把反动派消灭干净，毛泽东的旗帜高高飘扬。听，风在呼啸军号响！听，革命歌声多么嘹亮！同志们整齐步伐奔向解放的战场，同志们整齐步伐奔向祖国的边疆。向前！向前！我们的队伍向太阳，向最后的胜利，向全国的解放。"

1988 年 7 月 25 日,经中共中央批准,中央军委决定将《中国人民解放军进行曲》定为中国人民解放军军歌。同日,总参、总政为正式颁布军歌联合发出《关于颁布〈中国人民解放军军歌〉的通知》和奏唱的暂行规定。《通知》指出,《中国人民解放军军歌》体现了我军的性质、任务、革命精神和战斗作风,反映了我军的光辉战斗历程。正式颁布《中国人民解放军军歌》,一定会激励全军指战员在中国共产党的领导下,继承和发扬光荣传统,努力加强我军的革命化、现代化、正规化建设,肩负起建设四化、保卫四化的历史重任。高唱《中国人民解放军军歌》,将使广大指战员更加振奋革命精神,激发战斗热情,增强革命军人的光荣感、自豪感和使命感。

军歌歌词最终定为:"向前!向前!向前!我们的队伍向太阳,脚踏着祖国的大地,背负着人民的希望,我们是一支不可战胜的力量。我们是工农的子弟,我们是人民的武装,从不畏惧,决不屈服,英勇战斗,直到把反动派消灭干净,毛泽东的旗帜高高飘扬。听!风在呼啸军号响!听!革命歌声多嘹亮!同志们整齐步伐奔向解放的战场,同志们整齐步伐奔赴祖国的边疆。向前!向前!我们的队伍向太阳,向最后的胜利,向全国的解放!"至此,公木作词的这首歌的歌词才最后确定了下来,并与郑律成创作的雄壮旋律一起成为中国人民军队的重要文化标识。2018 年 5 月 1 日颁布的《中国人民解放军内务条令(试行)》中的第十四章"国旗、军旗、军徽的使用管理和国歌、军歌的奏唱",专门列有"军歌的奏唱"

条例,对军歌的性质、军歌奏唱的时机和场合做出规定:

第四节　军歌的奏唱

第三百一十五条　中国人民解放军军歌(见附录三)是中国人民解放军性质、宗旨和精神的体现。新兵入伍、学员入校,必须学唱军歌。国庆节、建军节等重大节日组织集会,应当奏唱军歌。

第三百一十六条　军歌可以在下列时机、场合奏唱:

(一)军队单位举办的庆典和重要集会;

(二)重要外事活动和重大国际性集会;

(三)部队迎军旗、校阅、队列行进和集会;

(四)其他维护以及显示军队威严的时机、场合。

第三百一十七条　军歌不得在下列时机、场合奏唱:

(一)丧事活动;

(二)舞会、一般联谊会等娱乐活动;

(三)商业活动;

(四)其他不宜奏唱军歌的时机、场合。

第三百一十八条　奏唱军歌时的要求,按照本条令第五十九条的规定执行。

第三百一十九条　军歌一般不与其他歌曲紧接奏唱。举行接待外国军队宾客的仪式和在我国举行由军队主办的国际性集会时,可以联奏有关国家的军歌。

对于自己的歌词在传唱中被修改,公木自己也是接受的。比如《八路军军歌》的歌词,在传唱中就曾有过一些变动,比如"巍巍长白山"中的"巍巍"被改成了"巍峨","都落在我们双肩上"被改成了"都担在我们双肩"。1962 年,公木在吉林大学中文系讲诗论时,就曾提到过他对传唱中的一些改动的看法。他认为,从诗的整体美感上看:原来的"巍巍"比"巍峨"好,因为与下句"滔滔鸭绿江"的"滔滔"对仗更工整些,"肩上"也比"双肩"在韵律上也更讲究些,比如"上"字在韵脚上,而改成"双肩",韵脚就丢了。但是战士们这样唱,也有他们的道理,因为"巍峨"和"双肩"更顺口,与曲调组合起来也更和谐。他愉快地接受了这些改动,自己唱的时候也是按"巍峨"和"双肩"的歌词去唱。

第 20 章 道可道

老子的哲学在慰藉人的心灵方面,有着特殊的作用。进入 20 世纪 70 年代,公木也对老子的哲学产生了浓厚兴趣。

1973 年 12 月,在长沙马王堆三号汉墓出土的帛书中有《老子》甲、乙两种写本。1974 年 9 月,文物出版社影印内有《老子》甲、乙本并附录唐代傅奕校定的《道德经古本篇》。

当时,公木开始整理《老子校读》的草稿,并对老庄思想有了新的理解,对孟子、荀子、商鞅、韩非子的认识也加深了一步。

1975 年春,公木完成了《老子校读》的第一稿。1976 年整整一年间,两个笔记本(《老子校读》原稿)都在别人手中辗转传阅,他自己也仅仅把它看作一种读书笔记,是已经完成了的,没想要加工发表。

1978 年,《老子校读》书稿列入《社会科学战线》杂志编辑计划,经过编委会研究,决定将其连续刊载,于是公木着手从头至尾校改《老子校读》书稿。他在释文上加标点和简注,补残正误。除校释和语译外,每章增写了说解。将古篆改为今体排印,用以校读。如此,完成了上篇《道经》三十七章。后连续刊于《社会科学战线》创刊号、第 2 期、第 3 期。

公木以《老子》甲、乙本为底本,参照三国王弼,唐傅奕,宋司马光、苏辙,明焦竑,明清之际王夫之,近人奚侗、马叙伦等诸家的注本和考证本,就《道德经》上、下篇八十一章逐字、逐句、逐段地做今译和解说。通过校勘和注释,就历史上存在的有关《老子》在文字与句读上的歧义,做了新的明确的论断与阐释;通过今译和解说,对老子的思想及其理论体系进行了分析和论述,提出了自己的见解并做出了精辟的论断。

例如,《老子》第十一章,学术界普遍流行的读法是:"三十辐共一毂,当其无,有车之用。埏埴以为器,当其无,有器之用。凿户牖以为室,当其无,有室之用。"公木依据马王堆汉墓帛书《老子》甲、乙本指出,帛书《老子》甲、乙本在三句的后面有三个"也"字,因此,这三句当读作:"三十辐共一毂,当其无有,车之用也。埏埴以为器,当其无有,器之用也。凿户牖以为室,当其无有,室之用也。"同时援引诸家的注本作为参证,做了详细的说明。这对于理解老子的"无"这一哲学内涵,具有十分重要的意义。

关于老子哲学的本体论问题,学术界通常认为,老子提出的作为宇宙本体的"道",是精神性的实体,因此,老子的哲学体系是客观唯心主义的。对于这种观点,公木指出,《老子》的"道"是在天地未辟之前,早已存在的物质性的实体。它无象、无声、无息,但却是不以人的意志为转移的永远的存在。它无所不包,无所不在,并处在永远的运动中。它的运行规律是自然的,它既是自然的规律,同时也是社会的规律。人们只有按照"道"的规律行事,才能体认"道"。"道"的属性和规律,决定了老子的理论体系是朴素的唯物主义的思想体系,而不是唯心主义的思想体系。

又如,关于老子哲学的阶级性问题,有人认为老子是没落奴隶主贵族阶级的代表,主张开历史的倒车,在历史上起着反动的作用。公木不同意这种看法,他认为,老子生活在春秋末期,当时铁器已经普遍使用,随着社会生产力的提高,社会生产资料的所有制形式已由领主井田制向地主庄园转变,当时社会生产关系的主要矛盾,是地主阶级和农民阶级的矛盾。在这样的社会条件下,老子谴责统治阶级纵情恣欲,厚敛钱财,主张"无为而治",使民自化。这无疑也是反映了农业小生产者的愿望和要求,代表着农民阶级的利益。因此老子是进步的思想家。

再如,在解释老子思想理论体系中存在的矛盾时,公木指出,老子的思想理论体系内部是存在着内在的矛盾的。老子作为农民阶级的思想家,在自然观方面是朴素的唯物主义的,是无神论的,在方法论方面是朴素的、辩证的;但在认识论领域,老子却忽视感性认识,片面地夸大了理性认识的作用。

公木是我国较早使用简帛资料研究老子的学者。随着对老子思想研究的深入,到 1986 年,公木又在《老子校读》的基础上,对书中文字、句读上存在的疑难问题做了进一步的推敲,着重对老子的思想观点和理论体系做了深入的揭示与探讨,推出《老子说解》一书。《老子校读》《老子说解》出版后,在国内外产生了很大的影响。曾在北京大学哲学系任教的陈鼓应教授见到书后,专程来到吉林大学对公木进行访问,就老子哲学的有关问题与公木交流了意见。之后,双方商定在老子哲学和庄子哲学的研究方面进行合作,并共同出版了《老庄论集》。

日本东京大学的池田知久教授和日本中央大学斋藤道彦教授在了解了公木关于老子研究的成果之后,写信要求前来访问,公木热情地接待了他们,双方就老子哲学的有关问题进行了深入讨论。日本京都市的金森道尚先生无公职和工薪,潜心研究老子思想。1983年得知公木研究老子著有专著,几经周折于1992年自费来长春拜访公木。他和公木往来书信近百封。

1993年6月23日,金森道尚致信公木说:"身体好吗?托您的福,我身体很好,我很高兴,非常感谢您。正如先生的题词:江山异域,风月同天,山与山不见,彩云相连,人与人相连以思念。虽然你我年龄不同,又名文相差悬殊,但心情相通。"

第21章 相约《东风歌》

1976年,郑律成来长春,住在长春电影制片厂。几次到公木家长谈,谈共同创作的计划。公木当时写了一首《东风歌》,是悼念周总理的,当即抄给他看。郑律成答应谱曲,说要好好写,认真写,把它唱出来,唱出去。

然而,此时却发生了一件令人痛苦的事:1976年12月7日,老搭档郑律成张罗着要去打鱼,他说他感到有些头晕,想到郊外去呼吸一下新鲜空气。中午,郑律成突发疾病,倒在了长风呜咽的山林之中……当亲人赶到北京昌平医院时,他已经不省人事。两个小时之后,他没有留下任何遗言,就匆匆地离开了他的听众……郑律成一生留下300多首脍炙人口的歌曲。世界上两个国家的军歌都出自他之手,《中国人民解放军军歌》和《朝鲜人民军军歌》都是他谱写成的。这个作曲家,本想与公木合作一部《东风歌》,献上对周恩来总理的敬意与怀念,不料却猝然离去。12月15日,公木挥泪写下一首《挽词联曲》,深情追忆了与郑律成一起创作的往事,表达了对老友深深的怀念之情。

第二年的 12 月 7 日,为纪念郑律成逝世一周年,包括中央乐团在内的 6 个文艺团体举办了"郑律成作品音乐会"。那些与郑律成同饮延河水的老首长、老战友和文艺界知名人士都来了,鲁艺、抗大的同志组成了"老战士合唱团"。马海德听了这个音乐会,动情地对丁雪松说:"老同志在一起唱当年的革命歌曲,好像又恢复了战斗的青春。受过磨难的同志又被那时的战斗歌曲聚拢在一起,多有意义!"在演出的节目中,最受欢迎的是郑律成和公木合作的《八路军进行曲》(《中国人民解放军军歌》)与郑律成谱曲的《延安颂》。当年抗大的老首长中途赶来参加,请求再演奏一遍。诗人朱子奇致信长春的公木,把这一情况告诉他,并表示祝贺。公木的内心也是非常激动。

1978 年春天,电影《豹子湾的战斗》公映之后,由公木作词的电影插曲和片尾曲伴随着著名歌唱家王昆那嘹亮的歌声,在全国各处传唱了起来:

> 唱得红日节节高,
>
> 纺得白云绕山川。
>
> 红格丹丹的太阳照大地,
>
> 丰收的歌儿飞上九重天……

歌声中那份历尽沧桑之后特殊的豪情和喜悦,感动了很多听众。

第 22 章　重架彩虹

电影《豹子湾的战斗》描写的是当年八路军在南泥湾搞大生产的故事。1944 年秋,公木同诗友天蓝一道去南泥湾访问过,当时写了一些作品,可惜因为战争的原因,现在都找不到了。在延安的时候,公木和天蓝结下了很深厚的友谊。但是 20 世纪 50 年代后期之后,二人就中断了联系。一直到1978 年,公木和天蓝才又联系上。

1978 年,天蓝在写给公木的一封信中,满怀深情地写道:

时隔二十年没有听到你和律成合写的《八路军进行曲》了。如今歌词又恢复了原貌,使我又想起你在延安创作这首歌词时的情景……①

1978 年,一些电台又开始播放公木作词的《中国人民解放军进行曲》了。这一年的 4 月 29 日,公木又收到老友朱子奇寄来的一张《解放军报》,上面刊载了《中国人民解放军进行曲》,并标有公木的名字。

1978 年的 2 月 26 日,公木突然收到诗人邵燕祥的书信,

---

① 王广仁、周毓方:《公木年谱》,长春,东北师范大学出版社,2005 年,144 页。

知道邵先生将随农林部林业局组成的参观团赴黑龙江省参观访问，途中将经过长春，可以与他见面。公木闻讯非常高兴，当即给邵燕祥写了一封回信：

> 非常富才华的青年诗人，别来廿年无音讯矣。偶然忆及，亦只念念而已，今读你书快何如之！廿年生死两茫茫，不思量，自难忘。何时相对两鬓霜，杯酒话沧桑……①

老诗人的兴奋之情，跃然纸上。

他们中断联系也已经整整 20 年了。1978 年的初春，公木坐在长春市东中华路吉林大学"十八家"宿舍楼内的一把藤椅上，盼望着与邵燕祥的这次久别重逢，但是，公木失望了——邵燕祥因为行程改变，没有能够去长春。1978 年 4 月 9 日，公木给他写了一封信说："无日不在热切地企盼着你的到来，不料行程有变，真是遗憾极了。"②

尽管没能见面，但他们之间的通信频繁了起来。

7 月 19 日，邵燕祥寄信来说："已收到吉林文联印发的册子，登有您的照片，还健康。从您在《诗刊》上发表的新诗看不像六十五岁老人的诗作。"③这里的"六十五岁"是笔误，当时公木已经六十八岁了。

1978 年，公木没有在长春见到邵燕祥，却见到了另一位诗人——公刘。

---

① 王广仁、周毓方：《公木年谱》，长春，东北师范大学出版社，2005 年，141 页。
② 同上。
③ 同上。

1978 年,公刘担任了安徽省文学院院长等职务,恰好有机会随一个作家代表团赴吉林访问,所以就有了这次时隔 20 多年的与公木的重逢。

1978 年 10 月 15 日,公木和公刘再次见面,彼此感慨不已。随后公木陪同公刘和文艺评论家孙绍振等人见了吉林省委宣传部部长宋振庭。10 月 16 日公木还和吉林省作家协会副主席王肯一起,陪同公刘他们观看了吉剧。

1978 年 4 月 23 日至 26 日,吉林省文学艺术工作者联合会第三届全体委员(扩大)二次会议上,公木被推选为省文联副主席,随后他又兼任了吉林省作协主席。这一年夏秋之交,公木还参加了由吉林省文化局主办的修改国歌歌词的创作班,见到了很多新文友和老文友。

1978 年,这位老诗人还参与创办了《社会科学战线》杂志,开始在上面陆续发表著名论著《老子校读》的部分手稿,并担任吉林大学副校长、吉林社会科学院副院长兼文学研究所所长、吉林社会科学联合会副主席兼语文协会主席等职务。环境改变了,公木肩上的责任也骤然加重了,一时间,忙得不得了。但是公木此后的主要精力还是集中于教学、创作与科研三个方面,培养了多届中国文学专业研究生。

1979 年,公木已经从一个意气风发的中年人,变成了一个满头白发的老年人。他开始了一段新的、光芒四射的生命旅程。

公木全身心地不知疲倦地工作着。他要上讲台上课、指导研究生,还要编写教材,并亲自领导着一个规模不小的"中国诗歌史"科研规划组,他除了进行正常的诗歌创作和文学评论外,还有纷繁的学术会议以及各式各样的社会活动。

1979年年末,在全省创作工作会议上,公木严肃认真地听取吉林省委宣传部部长谷长春所作的报告。为了文艺界的团结和繁荣,公木曾向谷长春提议:文艺界应"同声相应,同气相求",同时又应"和而不同,以期协力",把"二为"与"双百"统一起来,从事研究工作。以"'主体自我醒觉'的探究者的姿态,站在解放思想的前列",主张"必须从有脚印的地方走来","向没有脚印的地方走去"。①

---

① 谷长春:《悼公木先生》,见《道德文章,高山景行》,长春,吉林大学出版社,1999年,103页。

第 23 章　该归队了

　　1979 年 1 月 2 日，刚刚恢复工作的文联举行了迎新茶话会。远在长春的公木虽然没有出席这次茶话会，但他依然很兴奋。1979 年 1 月 13 日，公木怀着兴奋的心情，进京参加由《诗刊》社主持召开的全国诗歌座谈会。这次诗歌座谈会，是新中国诗歌界一次空前的盛会，由《诗刊》主编严辰，副主编邹荻帆、柯岩主持。出席座谈会的有来自全国各地的诗人和民族歌手，共一百多人。会议期间，公木见到了许多久违的老战友、老诗友。仆仆风尘，掩不住人们脸上的兴奋之情，眉梢眼角，全是久别重逢的欢欣和感慨。当时与会的诗人尧山壁回忆说："会议好吃好喝，畅所欲言，以艾青、公木为代表的'归来诗人'成为会议中心……互道契阔，百感交集，以泪当酒。公木先生是我仰慕已久的革命前辈、文学尊长，又是河北老乡。他黑黑的脸庞，厚厚的嘴唇，两道浓眉已经花白，一口束鹿话没改，朴素得像个老农，气质上更像个老八路……"[1]

---

[1]　尧山壁：《冀中故人（二章）》，载《光明日报》，2016-04-01。

诗人雁翼带着一些四川作者到公木所住的房间来探望他,见面后大家都十分高兴。雁翼拉着公木的手问:"你现在在哪儿?"公木微笑着回答说:"我还在教书。"雁翼说:"你们过去办的文学讲习所很有成绩,当时最小的学员现在也是中年了。现在应赶快恢复,继续办下去,培养接班人。"第二天会议正式开始。诗人们在会上纷纷发言,表明自己对诗歌的理解和看法。大家认为,包括诗歌创作在内的精神产品的生产,有它自己的独特规律。我们党领导这种精神生产的正确方针,就是"百花齐放、百家争鸣"。这个方针执行得好,成绩就大,执行得不好,我们就要吃苦头。文艺作品的好坏、优劣是一种客观存在。这种好坏、优劣,是不以个人的意志、少数人的意志为转移的,而是以千千万万人民群众的爱憎、好恶为转移的。座谈会回顾了新诗发展的历史和现状,探讨了诗歌创作的发展。很多人认为,我们的新诗有讲真话的传统,很多优秀诗篇抒发了诗人的真情实感,表达了人民的心声。我们的诗歌既要有歌颂,也要有暴露——歌颂人民的英雄,暴露人民的敌人。这是不能颠倒的。但是,无论是歌颂还是暴露,都要讲真话,抒真情。我们的诗人要歌颂新的英雄、新的时代,要排除发展道路上的一切障碍,用投枪和匕首同人民一道披荆斩棘,共同前进。

公木在他的书面发言中提出:"社会主义新诗歌的民族形式,首先应该是崭新的社会生活内容的生动反映,其次才是对包括古典和民歌在内的民族传统的批判继承,立脚点当然还是今天的即五四以来的新诗歌。传统是割不断的,必须向民歌和古典学习,否则势必削弱和人民群众的联系;传统又是必须突破的,否则,也势必不能和人民群众加强联系。民族化新诗歌的繁荣,归根到底,不是取决于传统,而是取决于它能否提出问题、回答问题、解决问题,取决于它能否代人民立言,'发出时代的呐喊,喊出人民的心声',取决于它能否用形象思维方法,反映阶级斗争和生产斗争,取决于它能否在新的长征途中为实现四个现代化服务。"

公木在谈到平仄和音韵时说:"汉字是讲究声调、平仄的,弄明白了当然有好处。但是说,不讲平仄就不是诗,我想这是说的律诗、词以至曲。至于新诗,就不必要了。民歌歌词,都不强调平仄。韵,当然可押,不过有时还可以不押。不押,自然、有力,更能发挥语言的特点。因为诗同音乐相结合是一种趋势;诗与音乐相分离,又是一种趋势。这两种趋势是同时存在的,并行发展的。不能说,只有押韵才是民族形式。《诗经》《乐府》都有无韵的作品。我并不反对押韵,只是说,押韵、平仄,都是可以要,也可以不要的。有时要好,有时不要好。这取决于内容,也取决于作者掌握与熟练于哪一种形式。试想看,如果强调押韵与平仄,能够出现田间和艾青吗?这些年来,诗的质量降低,依我看,许多年轻同志莫名其妙地受到了押韵和平仄的束缚未必不是原因之一。"

重逢,成了公木在 1978 年的一个很美好的生活主题。当年文学讲习所的老同事沙鸥见到公木之后,非常激动,专门写了一首《与公木重逢》：

> 我久久地扶住你
>
> 要看看风雨的痕迹
>
> 乌黑的海潮压在心中
>
> 你分明是一座礁石
>
> 岁月的浪花飞溅在你头上
>
> 碰碎的却是恶浪自己
>
> 一钵浓茶话沧桑
>
> 星空灿烂，松涛成曲

公木将这首新诗"翻译"成了一首旧体诗，题名《重逢》：

> 把手读君风雨篇
>
> 纷纷恶浪溅巉岩
>
> 层层飞浪岩前碎
>
> 一钵浓茶星满天

这首"翻译"的旧体诗很别致，笔者也一直很喜欢。

会议期间，公木连着写了三首歌颂《天安门诗抄》的作品，在这些诗中他说："不以诗篇为生命，而以生命作诗篇。"公木认为，抒人民之心、人民之志正是艺术生命力之所在。

1979年2月13日，臧克家给公木写来这样一封信：

公木同志：

多年睽违，任心中想念。这次来京得晤面，高兴之极可想。您这些年来，受压迫甚巨，但工作积极，为人所称道。这次见面，您胸怀宽阔态度谦和，令我十分钦敬，本想去看您，谈谈诸子诗歌问题，向您请教、学习，不知您的住处，怅然而止。希望以后通通信。毕来同志，与我不时过从，交谊深厚。他常向我谈谈您的情况。

我一切皆好，身心双健。

握手！

克家

此后，公木与臧克家多次交换书信。臧克家对公木评价极高：

您的创作、学术研究成果，都是我所钦佩的。你对诗歌优秀传统的重视，我也是大为赞赏的。我觉得，现在诗坛上的一些风气是值得注意的。诗，无论如何应该与时代、与人民结合的，这是个大方向。可是，有不少人偏离了这个大方向。你以为如何？（1985年10月26日信）

你的学术研究，我甚钦佩，我极喜爱古典东西，只欣赏却毫无研究。经常读古，对新诗极少极少看了。你对"传统"有研究，也论过。昨天见到子奇同志，谈到你"延安座谈会"前写的诗，令我闻之大喜。（1985年12月11

日信)

　　东北有嘉木,挺拔知根深。不与争春色,自有岁寒心。我颂岭上树,我歌老诗人。诗人为我友,木讷见醇纯。君子貌若愚,含练实超伦。术业成就大,叹我望后尘。长饮延河水,战斗愿献身。诗歌千百首,引吭发强音。论交兄弟行,差肩五六分。形骸隔千里,交感两颗心。白头互映照,永在是青春。(1990年5月祝张松如老友八十寿辰)

1983年,公木与诗人臧克家一起参加全国新诗评奖

　　公木老友:久违了。连书信也少往来,但系念之情,无时或已。张贻玖同志最新寄来的《毛泽东评点圈阅的中国古典诗词》,一打开,令我瞩目的是你写的序言。花

了好几天的工夫,十分认真地一句一字不漏地通读了一遍。我近八十九岁了,身体还可以,但脑血管硬化程度较深,终日头晕,但嗜书成癖,床头诗歌等书二三尺高,两大堆,卧床休息,或灯下翻阅,成为习惯,直至双眼蒙眬,字形模糊,是废书闭目。你的这篇序言,理论性强,见解深细,态度公正,有的地方令我眼明,心为之折。你是学者,长于理论,能写长文,我难企及。你对毛主席诗词的看法评论,与我同多异少。我读古,不下功夫钻研,只凭个人写作经验去权衡、去欣赏,理论性差,抒情性较浓,只能统而言之,总而言之。引经据典,考证研讨,无此能力,也乏此兴致。我读古,不为古"转",自有只眼,不崇拜偶像,但钦佩高尚精品,为之俯首。我每读你的文章,获益匪浅,有望尘之感。我是直人,读到好文章,好诗词,我心怦然,我情怡然,艺术魔力之大如斯。……我曾有句:"人生不喝延河的水,总觉缺少点革命的味。"(1993 年 6 月 15 日信)

公木这位 20 世纪 30 年代就自豪地歌唱过《自己的歌》的诗人,此时又以《找到自我》为题,写了这样一首诗:

　　你找到自己的位置了吗?

　　没有停滞的、僵固的位置,

　　每个人的位置就是每个人的起点。

　　起点不在象征公理的人造自然模型,

起点不在标志可能性概率的骰子，

起点不在孕育幻想又为幻想喂养的席梦思，

起点在历史与现实之纵横交叉处——

它是搭上羽箭的引满了的弓弦，

它是扣起扳机的实弹的枪膛，

它是越过千山万水通向目的地的始发站，

它是显示出"OK"信号的宇宙航船的发射场。

从起点起飞，从起点起步：

现实决定目标，历史指示方向。

线路，出发前便已确定，

当然，行进中还需要不断矫正。

是的，我们的位置就是我们的起点，

我们永远在起点上，又永远在行进中，

因为历史和现实永远不停滞，永远不僵固。

汗水蒸腾，泪水模糊，血水殷红，

成功与失败，奋进与惶惑，睿智与迷乱，

是一副冲破一切风暴的铁翅膀，

只要长飞翔，必要长飞翔！

真理如同空间和时间一样广大且绵长，

不诩把它占有，但要永生不断追求。

追求！找到真实的自我——

不枉此生最最重大的发现,

而真实便意味着无私与无畏。

与公木前期的诗相比,他后期的诗又明显多了一种深刻的思索和沉痛的感慨,这种深刻和沉痛,正是历经沧桑之后留下的闪光的心灵轨迹啊。

第 24 章　俳句新唱

　　1980 年 2 月的一天,公木接到中国作协的电报,内容是邀请他 4 月 1 日至 17 日,随中国作家协会代表团赴日本访问,与日本的"中国作家代表团欢迎委员会"进行文化和艺术的交流。巴金、冰心分别任正、副团长,公木任秘书长,团员有艾芜、草明、杜鹏程、敖德斯尔、邓友梅等。当年巴金 76 岁,冰心 80 岁,大家称巴金为巴老,冰心称巴金为老巴,巴金叫冰心大姐,团里充满了家庭般亲切的氛围。出国的前一周,全团就在北京集中开了好几次会,请夏衍、孙平化等有关专家介绍日本政治、经济、文化情况,做些出访准备。而公木和艾芜、杜鹏程、敖德斯尔则在 3 月中旬即到达北京参加筹备工作,住在北纬饭店。

　　3 月 21 日,日本松山芭蕾舞团团长兼接待中国作家代表团事务局负责人清水正夫先生专程来北京洽谈访日日程,公木出面接待,陈喜儒先生担任翻译。这也是公木第一次跟清水正夫见面。清水正夫是日中友好协会副会长,曾四次见到过毛主席。作为这次中国作家代表团的秘书长,公木跟他接触很多。陈喜儒先生撰文回忆当时的情景时说："他（指公木）温文尔雅,学者风范,讲话不多,但逻辑清晰,简洁明快,没有半句模棱两可的废话。当翻译多年,最怕遇上车轱辘话来回说者,以其昏昏使人昭昭,令人苦不堪言,但给公木当翻译,感觉轻松愉快。"①

　　清水正夫知道公木参加过延安文艺座谈会,并且是电影《白毛女》主题曲的歌词作者之一,所以对其非常热情。他说他们经常学习《在延安文艺座谈会上的讲话》,并用以指导他们的艺术工作。松山芭蕾舞团是日本著名的文艺团体,其艺术成就蜚声国内外。早在 1955 年,他们就把中国著名歌剧《白毛女》改编成了芭蕾舞剧。而公木为电影《白毛女》写作过歌词,这样,共同的话题就更多了。这次访问,公木和清水正夫先生结下了深厚的友谊。4 月 16 日在日本长崎,公木专门用日本俳句的形式写了一首长诗《别清水正夫》:

　　　逢君又别君
　　　桥头执手看流云
　　　云海染黄昏

　　　扑闪着眼神
　　　大地噘起它的唇
　　　向星空飞吻

---

① 陈喜儒:《公木,一棵参天大松树》,载《文汇报》,2021-03-30。

河汉清且浅
流云轻轻扬白帆
飘去又飘还

又如双天鹅
婆娑起舞弄清波
唱一曲骊歌

天也同人怨
相逢不易别更难
聚散倏忽间

世事似穿梭
人生会少别时多
分手紧相握

旬月输诚交
播下百年置腹心
有分耶无分

有分者形迹
永无分者是情谊
海外存知己

知己坚弥真

艺术与诗赋精神

环球若比邻

山与山不见

彩云相连，人与人

相连以思念

二十天虽短

生命却由以充满

声光热醇欢

此地一为别

回忆长将唱着歌

把我们结合

由于清水正夫等人的周到安排，这次日本之行非常顺利，给公木留下了很多美好的回忆。

4月1日，中国作家代表团抵达东京，第二天正赶上新宿御苑举办观樱会。公木与艾芜、杜鹏程、草明、敖德斯尔、邓友梅、陈喜儒等在日本友人秋冈家荣等人的陪同下前往观赏。这天下午，风和日丽，云淡风轻，一行人在草坪上欣赏了茶道，观看了水宫舞，参加了漫坡游，非常愉快。回到入住的东京新大谷饭店，公木乘兴写了六首绝句记录这次游览。

公木任中国作家代表团秘书长出访日本

4月4日,中国作家代表团在东京朝日新闻社礼堂听了讲演。4月10日游览了日本桂离宫,11日参观了岚山周恩来诗碑。诗碑坐落在岚山山麓的龟山公园内,以京都名石鞍马石制成,在深灰色碑石正面刻有中日友好协会会长廖承志书写的周恩来的《雨中岚山》诗,副碑上刻的碑文是:"为了纪念一九七八年十月缔结日中和平友好条约,并且为了表达京都人世世代代友好心愿,在这渊源深远之地,建立伟大人物周恩来总理的诗碑。"几位中国作家献花致敬,公木还写了一首《诗碑歌》。

这次旅行,也使公木和巴金、冰心两位世纪老人有了更多接触。他对巴金、冰心等作家有了更深入的了解。回国后,代表团在上海进行总结。会后巴金先生出钱,在静安宾馆请代表团的团友们吃了一顿饭,而后各奔东西。

公木与冰心合影

　　在日本访问 17 天,公木每天参观回来,不管多晚多累,都要把当天的感受记下来。翻译陈喜儒先生回忆:"每次到他房间请示汇报,都看他在埋头写作。回国后不久,就陆续在《人民文学》《诗刊》《上海文学》等多家刊物上看到他的访日诗抄,有仿照日本俳句写的汉俳《别清水正夫》(12 首),绝句《游新宿御苑杂咏》(6 首)、《听水上勉讲虚竹》(七绝 5 首),新诗《虹》等,平均下来,每天要写好几首。"①

　　公木还创作了不少的俳句作品记叙这次难忘的旅程。如:

烟雨岚山

萍踪烟雨中。

---

① 陈喜儒:《公木,一棵参天大松树》,载《文汇报》,2021-03-30。

千寻崖上矗苍松，
泉水响淙淙。

德岛海眺

沧海树云旌。
如火夕晖红一抹，
今夜月当明。

德岛郊望

鸣门潮浪涌。
胜似东家款客情，
阡陌草青青。

新宿御苑赏樱

友自远方来。
万树樱花带笑开，
红紫漫山崖。

新宿御苑茶道

靓妆献新茗。
霞帐银炉依草坪，
煦煦续茶经。

新宿御苑水宫舞

水里天外天。

珊瑚神怪舞飞仙，

浮生半日闲。

我之所以在这里特别关注公木的这些俳句，是因为前些时日学术界有过一些关于赵朴初和公木谁最早创作汉俳的争论。

2009 年 6 月 12 日，有位网友发帖，节选如下：

中国第一位创作汉俳的人是谁呢？中国汉俳学会副会长、前中国新闻学院古代文学教授林岫说是赵朴初先生，她在为日本东圣子教授《研究成果报告书》撰写的论文《当代中国的短诗现状》（原文为日文，引者译为中文）中说：

"1980 年 5 月 30 日这一天，中日友好协会首次迎来以大野林火为团长的'日本俳人协会访华团'。当时，日本友人向中方赠送了松尾芭蕉、与谢芜村、正冈子规等俳人的俳句集。赵朴初先生兴致勃勃地即席赋诗三首，诗作运用的是传统诗歌作法，形式则借用了日本俳句的 17 音（五七五），这就是中国诗歌史上最初的汉俳，其中最著名的一首如下：绿阴今雨来，山花枝接海花开，和风起汉俳。以此为嚆矢，汉俳开始由北京发展向各地。"

不过，根据创作时间的先后，首先借鉴日本俳句创作出中国新诗型——汉俳的，不是赵朴初先生，而是当代著名学者、诗人公木先生。1980 年 4 月,公木先生作为中国作家代表团秘书长,与团长巴金,副团长冰心,团员艾芜、草明、邓友梅、杜鹏程等一起访问了日本。高昌的《公木传》曾经谈到了公木先生访日的一些活动:……4 月 16 日在日本长崎,公木专门用日本俳句的形式写了一首长诗《别清水正夫》。

高昌提到的长诗《别清水正夫》实际上是 12 首汉俳的联章,每一章或文或白,形式活泼……这 12 章组合在一起,用的正是《花间集》中把几首同一词牌的词作合在一起的所谓"联章"形式。这套汉俳的最后明确写着"1980 年 4 月 16 日于日本长崎",时间要早于赵朴初先生的汉俳一个半月。但《别清水正夫》并不是公木先生最早的汉俳,在早赵朴初先生汉俳三个月之前,公木就在北京创作了《俳句》,诗前有小序说:"喜读五中全会公报,感赋拟俳句二十章。"二十章用的全是白话……《俳句》最后署明创作时地是"1980 年 3 月 1 日北京"。公木先生既有接受新鲜事物的敏锐性,又有敢为天下先的魄力。他在访日的两个月前,就已经开始了解和熟悉日本的俳句,并且有意识地尝试"拟俳句",后来他还曾创作过"广俳句"《卧游吟》,亦即在俳句上再加一句,构成五七五五的形式,押一、二、四句尾韵。创作汉俳晚于公木先生三个月的赵朴初先生慈悲心广,书法妙绝,诗词曲艺也罕人匹。他那句"和风起汉俳"中的"汉俳"作为借鉴日本俳句的中国当代短诗的名字，已经为公众认可。即便是如此，第一位创作汉俳的也只能是公木先生。

公木先生既富诗歌理论，又有创作实践，既写新诗，又写旧体。他对新诗的格律化问题一直很关注。1993年9月，当代诗歌界成立了新文学史上第一家以倡导现代格律诗为宗旨的"中国现代格律诗学会"，公木先生出任名誉会长，艾青、臧克家、贺敬之、卞之琳、李瑛、张志民、徐迟、屠岸、吴奔星等出任顾问，据说该会还发行了会刊《现代格律诗坛》。该会聘请公木先生为名誉会长，当然是因为这位老先生有号召力。他率先垂范地借鉴日本俳句，创作当代中国诗坛的第一首汉俳，同时以自己的汉俳创作实践，含蓄地表达了自己对这种诗型的看法和主张。那就是：

1. 由依次为五言、七言、五言的三句构成；

2. 可以是文言，也可以是白话；

3. 大体押韵，韵脚自由；

4. 声调随意，不必定出平仄规则；

5. 不必如日本俳句那样非得使用"季语（表示季节特征的特殊语汇）"。

现在有些作者一直在坚持不懈地创作汉俳，成绩也很斐然，如香港诗人晓帆、军旅诗人纪鹏等。不过，也有人把汉俳这种当代诗坛的新型短诗，当作是近体诗般的研究剖释,把它弄成一种规则烦琐不堪、令人望而生畏的"当代格律诗"。研究动机和方法都与中国现代格律诗学会名誉会长公木先生大相径庭。论述这些问题,很要用些时间和笔墨,姑且用一首汉俳作结:

恋人出嫁了,做丈夫的不是我,该抽颗烟吧。

有人说这是公木先生写的,但是公木文集里没有找到。不管是谁写的,好像还有点意思。

我所读到的网友的这篇文章不知第一来源,不过文章传播颇广,也引起了长期在赵朴初先生身边工作的中国佛教协会综合研究室主任徐玉成先生的注意。徐玉成先生写了一篇《关于赵朴初先生第一首汉俳时间初探》,本书也节选如下:

关于赵朴初先生第一首汉俳,中国汉俳学会副会长、前中国新闻文学院古代文学教授林岫在回忆赵朴初先生文章里是这样说的:"1980 年 5 月 30 日中日友好协会首次接待大野林火先生为团长的'日中俳人协会访华团'。当时,日本诗人送来了松尾芭蕉、与谢芜村、正冈子规等古代俳人的诗集。两国诗人欢聚一堂,朴老诗兴勃发,参照日本俳句 17 音(五七五),依照传统的创作方式,即席赋诗三首,诗曰:

一

上忆土歧翁,

囊书相赠许相从,

遗爱绿荫浓。

　　二

幽谷发兰馨，

上有黄鹂深树鸣，

喜气迓俳人。

　　三

绿阴今雨来，

山花枝接海花开，

和风起汉俳。

这三首诗就是中国诗歌史第一组汉俳。"（林岫：《架木为桥诗笔先》，《赵朴初居士纪念集》第 281 页）

事实上，林岫教授所说的这三首汉俳，是在中日诗歌界影响比较大的汉俳，但并不是赵朴初先生写的第一组汉俳，当然也就不可能是"中国诗歌史第一组汉俳"了。在 1980 年 5 月 30 日接待"日中俳人协会访华团"之前，赵朴初先生已经写过 17 首汉俳了。……那么，哪一首汉俳是赵朴初创作的第一首汉俳呢？

……赵朴初先生写的第一首汉俳，既不是林岫教授说的 1980 年 5 月 30 日"赠日本俳人访华团"的三首汉俳，也不是《赵朴初韵文集》中收录的第一组"赠森本孝顺长老"的五首汉俳，而是赵朴初先生自己承认的、在 1980 年 4 月 21 日招待日本清水公照长老宴会上，根据清水长老吟咏的日文俳句写的"遍地菜花黄，盲目圣人归故乡。春意万年长"的汉俳。而这首汉俳却没有收进《赵朴初韵文集》，实为一件天大的憾事……

我认为，公木先生 1980 年 3 月 1 日写的"喜读五中全会公报，感赋拟俳句二十章"，时间上只比赵朴初先生 4 月 21 日的第一首汉俳提前 50 天。另外俳句写成后，是不是在刊物上及时发表了？如果不是在像公木先生访问日本或者赵朴初先生在接待日本清水长老宴会上的场合，而是写了俳句存着没有发表，没有公之于世，没有得到中国文化界和日本文化界的普遍认可的作品，应该不能作天下先，不能算作最早的。我认为，一个文化现象与文化题材从酝酿、成熟到结果，是个漫长的过程，是集体的智慧和力量共同作用的结果。所以，我认为：以公木先生《别清水正夫》的汉俳与赵朴初先生在宴会上译作清水长老俳句，共同作为"中国诗歌史上最早的汉俳"，是比较公正与比较可取的。

正如徐玉成先生所言，把公木和赵朴初先生的作品共同作为"中国诗歌史上最早的汉俳"，确实是比较公正和公允的。不过徐先生对公木先生的喜读五中全会公报的《俳句》发表时间的疑问，是可以用确切的史料来回答的。经查，公木《俳句——喜读五中全会公报，感赋拟俳句二十章》发表在 1980 年 4 月《诗刊》杂志，该期刊物 10 日出刊。所以公木先生的《俳句——喜读五中全会公报，感赋拟俳句二十章》比他本人的《别清水正夫》和徐先生认为的赵朴初先生写于 4 月

21 日的译作清水长老俳句,无论是创作时间还是发表的时间都要早一些,这个是需要略作说明的。

以上关于公木先生与俳句的历史资料,笔者曾写入《公木先生的俳句实践》。该文在 2021 年《诗探索》第二辑发表之后,受到一些老师和朋友的鼓励和关注。而 2021 年 7 月 21 日,我从著名学者、诗人赵青山先生发来的微信中,又欣喜地读到陆志韦先生在 20 世纪 30 年代写的《早春戏为》俳句。

赵青山先生发来的这三首俳句,见于《诗人陆志韦研究及其诗作考证》[①],原始出处是陆志韦先生 1933 年赴美进修之前的自印诗集《申酉小唱》。原书的《早春戏为俳句》没有分行,每首都是三句连排。如果按今人习惯的三句分行进行排列而不是横行连排,则与现在公认的"五七五"汉俳格式毫无差别。

现在检索汉俳资料,学者们多认为"汉俳是 20 世纪 80 年代才产生的一种新诗体",认为"'汉俳'是 20 世纪 80 年代一个陌生的词语,90 年代逐渐为人们所了解",认为"中国从 1980 年以来,在汉俳创作方面,也取得了长足的进展"……中国专业诗歌刊物《诗刊》1981 年第 6 期以《汉俳试作》为题发表赵朴初、林林、袁鹰三位诗人作品时,也在编者按中说明:"这里发表的一组汉俳,是一种尝试,一个开端。"2005 年 3 月 23 日,中国汉俳学会在北京成立后,也有学者认为,"从 1980 年到 2005 年,历经 25 年,它标志着汉俳这一新出现的

---

① 赵思运:《诗人陆志韦研究及其诗作考证》,南京,东南大学出版社,2012 年,215 页。

文学形式,得到了世人的认可,并成为中国文学百花园中的一朵新开的奇葩"……以上一系列表述,应该都是在没有发现陆志韦先生(或者还有其他诗人)在 20 世纪 30 年代初的俳句艺术实践的基础上立论的。而陆志韦先生《早春戏为俳句》的出现,则将中国诗人们的俳句探索向前推进了将近 50 年。只不过因为陆先生的诗集是自印的,印数较少,所以至今存世不多。万幸这本《申酉小唱》传了下来,尤其令人高兴的是还保存了《早春戏为俳句》,让今人得见陆先生为汉语俳句创造的"早春"风景。

俳句在中国早期新诗诗坛的探索踪迹,是令人倾心和引人注目的一片生动而崭新的艺术风景。在陆志韦先生的作品被发现之后,显然"把公木和赵朴初先生的作品共同作为'中国诗歌史上最早的汉俳'"是不合适的,这句话或许应该修改为"公木先生和赵朴初先生是新时期诗坛上汉式俳句的新试者"。汉式俳句在 20 世纪 30 年代的诗坛发轫,在 20 世纪 80 年代的诗坛由公木和赵朴初先生最先发力而蔚为大观。

第 25 章　忆鲁迅先生

提到鲁迅,公木记着的是一些"永远新鲜的回忆"。1929年夏天,公木就听过一次鲁迅先生的演讲。当时鲁迅先生应北师大学生自治会的邀请,到校讲演。先生说他1926年离开北京,就是为了追求革命。先到广州,北伐开始;又到厦门,革命又继续北上了;再到上海,革命更加向北发展了;如今回到北京,北京变成了北平。当时公木就挤在最前排,鲁迅先生那头根根直立的头发,那由于含笑而微微抖动的一字须,以及那慷慨激昂的演说,都给公木留下了终生难忘的印象。

1932年11月,鲁迅回北平探望病中的母亲。公木就读的师大有"左联"的一个支部,由公木、李文保、张洁清、李洁、王志之等20多人组成,他们推选公木与同学王志之为"左联"学生代表,去邀请鲁迅先生。

公木和同学王志之,还邀约了另一位同学潘炳皋一起,一路摸索,来到了西三条昏暗的小胡同,由于不知道门牌号,敲了七八家的房门,打听"姓周的南方人",好不容易找到了鲁迅先生的家。

工作人员开门,公木说他们是师大的,前来找周先生,她客气地说:"请你们稍等,我看看他在不在家。"公木他们赶紧说:"周先生与我们约好的,一定在家。"说着,他们进了院子。

鲁迅先生穿着毛衣,面带微笑热情地接待了这三位陌生的年轻人。公木三人向鲁迅先生一一做了自我介绍。

他们就当前文学界的一些问题与鲁迅先生进行了交谈,不断地提出疑问。当公木问及鲁迅先生近年来为什么不写小说只写论文(指鲁迅先生的那些深刻犀利的杂文)时,鲁迅先生深吸一口烟,然后回答说:"这要看什么更有效,更能打击敌人,深中要害;匕首和长枪也是战斗武器,写些短文更便当,更快捷。至于小说,我还是要写的,不过知识分子已经写腻了,写工人,写农夫,写兵,还要多看看生活。我还想更多地介绍一些外国作品。"①接着谈起翻译来,谈起文学的武器论来,又谈起上海文坛的情况,鲁迅先生娓娓不倦地说着,香烟一支接一支,有时只是夹在两指间,一口也顾不上吸。

鲁迅先生除了回答他们的问题,还不断向公木他们询问师生间的关系、学校教学情况以及学校内外的舆论活动,自然而然地谈到了北方的左翼文艺运动,包括抗日救亡运动和文化动态等,先生都表现出极大的关心。鲁迅先生还无限感慨地说:"现在,很需要一部能够说明中国文学发展的文学史。如有可能,我打算明年到北平来住两年,编一部文学史。

---

① 公木:《永远新鲜的记忆》,见《公木文集》(第一卷),长春,吉林大学出版社,2001 年,702 页。

这里有个图书馆,条件比较好。"①大家听了都很高兴,他们都希望先生说的"可能"能成为现实。

当公木他们提出想要筹办一份文学杂志时,鲁迅先生十分高兴地表示支持,并答应给他们写稿。转眼间两个多小时过去了,公木他们三人在聆听了鲁迅先生的指导与教诲之后,以"左联"外围组织"新兴文学研究会"的名义,提出邀请鲁迅先生到北师大讲演一事,先生很爽快地答应了。

这次会见,从下午两三点钟一直谈到夜晚,其间有人来访,先生都回绝了。

告辞后,公木的心久久不能平静,他们一路上谁也没有讲话,都沉浸在与先生的谈话之中,回味着先生不同凡响的风采。

11 月 27 日下午 1 点钟,公木与王志之花一元钱(当时两三天的饭费),租了一辆汽车去接鲁迅先生。鲁迅先生身穿一件灰布长袍走出家门,见到停在门口的汽车,责怪他们太破费,执意步行去学校,公木和王志之反复说已付了车款,鲁迅先生才勉强上了车。

公木他们本来打算到学校后先让鲁迅先生到教员休息室去休息一会儿,没料到休息室、准备室、办公室、教室都锁了门。原来是系主任钱玄同因不欢迎鲁迅先生到北师大而下的命令。

于是公木他们领鲁迅先生到学生自治会休息。同学们见到鲁迅先生,七嘴八舌地向鲁迅先生提出各种问题。鲁迅

---

① 公木:《永远新鲜的记忆》,见《公木文集》(第一卷),长春,吉林大学出版社,2001 年,702 页。

先生坐在这群可爱的学生中间,不停地回答着各式各样的问题。有很多外校的学生也来了,有的大学的学生,也要求鲁迅先生到他们学校讲演一次,先生也慨然应允了。

讲演会场设在当时北师大最大的房子——体育馆里。因为人太多了,门窗都要挤坏了,外面的人还在不断地向里面涌,大家都想一睹鲁迅先生的风采。看到这种情况,有人提议到大操场上去。建议立刻被采纳,马上有几名同学抬着一张八仙桌跑向操场,人流也随着拥了过去。

操场上风很大,沙尘扑面。鲁迅先生由公木和王志之搀扶着,站在操场中央的八仙桌上,全场立刻响起一阵经久不息的热烈的掌声。鲁迅先生操着浓重的南方口音,做了题为《再论"第三种人"》的演讲。先生的头发蓬松,凛冽的风时常吹起他的长衫。同学们一边静静地听着鲁迅先生慷慨激昂的演说,一边默默地在本子上记着,生怕漏掉一个字。整个操场人头攒动,水泄不通,没有人维持秩序。公木与李文保、王志之等同学负责鲁迅的安全,一直守护在鲁迅先生身边。演讲完毕,大家不肯散去,只是用力地鼓掌,并高喊再添一点儿。要求先生再讲一段。盛情难却,鲁迅先生迎着呼啸的北风,又讲了一段,与其说是讲,不如说是嘶喊。那时没有扩音器,甚至连话筒都没有准备,鲁迅先生的嗓音已沙哑了。演讲结束后,鲁迅先生婉言谢绝了用汽车送他回家,说到琉璃厂买点东西,于是先生步行向琉璃厂走去,学生们左右跟随着,一面走一面交谈,直到鲁迅先生进了荣宝斋,学生们才依依不舍地与先生挥手道别。

公木当时写下一篇《鲁迅访问记》，属名张永年，刊登在1933 年 6 月出版的北平左翼作家联盟的机关刊物《文艺月报》的创刊号上。公木后来又写下一篇《永远新鲜的记忆》，登在《鲁迅先生逝世十周年纪念特刊》上。

这次讲演规模大，听众多，是鲁迅先生著名的"北平五讲"之一。他曾计划把在北平和上海的讲演稿整理出来，收入《五讲三嘘集》。不过，这个计划没有实现。

鲁迅访问记

时间已将近六点钟了，北风扬着尘沙，在一条没有路灯的僻巷里，我们彳亍着。

我们是来访问鲁迅的。据病高（即潘炳皋）说，鲁迅就住在这条僻巷的十四号，然而十四号的门叫开了，里面却放出一个声音来："没有姓周的，这是方宅。"于是"砰"的一声，门又关上了。

这么一来，我们浑身冷了半截，然后才无意识地慢慢向前走。

当我们完全辨认清楚站在面前的那个黑影子确凿是个人的时候，我们便向他询问了：

"喂，劳驾，这条胡同里，有姓周的吗？"

那黑影子抬起右臂来一指："这就是！"

一种强烈的喜悦飞进我们的脑里。我们向前紧急走了两步，便停立在那低矮的门前。在黄昏的星光之下,依稀辨清了贴在那个门外的两条白纸上,写着"周宅丧事,恕报不周"的黑字。

"呃,不像!"我们这样忖度着,于是又招呼那个黑影子:"喂,这里姓周的,是浙江人吗?"

"不是,我们是老隔壁,本地人!"

于是我们又受了"失望之鞭"的一击!

"就这样沿门问下去吧,反正是在这条胡同里!"志之这样提议。我说:"可以!"病高也说:"可以!"

于是我们便叩每一家门口的铜环、铁环——在那里,没有遇到一家是安设了电铃的。

"这是周宅吗?"

"不是!"

"有位姓周的朋友在这里寄居吧?刚从上海来的,周树人先生。"

"没有!"

这样的壁,我们一连碰了七八次。

最后,终于找到了,好像哥伦布发现了新大陆!当我们用毫无自信的手叩了一个紧闭的板门时,我们被"请进"了。

一位老妈子撑着煤油灯,把我们引进院子里。这院子狭而且小,仿佛还有些煤球劈柴之类,堆积在暗黑的墙根里。别的,我们已没有环顾的余暇了。我们的注意力,都被吸引到站在北房门口的那位老头身上去——这老头,便是鲁迅。四年前,我听过他一次讲演。他曾为我留了一幅永不能磨灭的小影,映在我的脑膜上。

鲁迅先生以微笑欢迎他的访问者。并且和蔼地把我们引进屋里去。房里的陈设,是一个茶几,三个椅子,一张床铺,一个写字桌。"这大概就是鲁迅先生的寝室、会客室,更兼著作室了吧?"我想,然而总觉得像《呐喊》那样的文章,和这房子是不调和的。

"请坐!"

志之和病高坐在茶几两旁的椅子上,我坐在床边。然后他自己也坐在靠写字桌的椅子上。接着他便请我们吃茶、吸烟。这些礼节,正如同我们招待每一位第一次会面的客人一样,一点都显不出什么"权威者"的高傲来,更半点不带"绍兴师爷"气味,如西滢之流所说的。

"周先生几时到北平的?"病高先问。

"大概已有一星期。我在上海接到电报,说我的母亲病了,因此我便赶来北平。"

"在北平打算住多久?"

"最近就要走,多则五六天,少则三四天以内。"

"北平的同学们,都希望周先生留在北平。"志之说。

"啊,那可不成。我这次一来,便有很多的人放冷箭,说我是来抢他们的饭碗,说我是卷土重来。何苦叫这些人不放心,倒不如赶快卷土重去!"

我们都笑了。

在交谈之际，我们感觉到这位面色清癯发须斑白的老头儿，不但没有像某大教授所说的拒人千里之外的阴森气，而且简直是怪可接近的。

于是我们发着问题，随便什么，他都详细地解答，甚至询及他个人的私事，他也都不嫌烦琐的。

"近来周先生为什么不发表创作呢？"

"不是不发表，是没创作；也不是没创作，是没可创作。旧东西，写出来左右是那么回事，太无聊。新的生活在我们这不能进工厂，不能把锄头，不能托枪杆的人们也实在是太不丰富。因此，我便抱定主意，与其创作，不如翻译。"

"现在文坛是太寂寞了，尤其是北方。"

"我想，不只是北方，连上海也是在闹着文学的不景气。……凡是我们的杂志书籍，很难印刷。而那些在指挥刀保护下的民族主义文学家们，虽然写点东西，却并不见得能称为文学。还有所谓第三种人，借口左翼批评家批评得太苛了，也都搁了笔——其实压根儿他们的笔便没提起过的。因为这种种原因，便造成了今日这文学的不景气。"

"这简直是怪气人的，文学也要来法西斯蒂化了——听说丁玲被捕了，确不确呢？"

"这消息是不确的。丁玲是我们最优秀的作家，近来她很努力，茅盾都要写不过她的。统治阶级当然对她很忌恨的。不过恐怖虽然一天比一天严重，我们的聪明却也是在进步着。仍然是可以生活下去的。"

"《北斗》大概是被封了吧？《文学月报》还能续出吗？"

"《北斗》是不能出了，但是他们都不封闭杂志，封闭是两年前的老法子，现在他们不用了。因为一个杂志，如果已经得了群众的信仰，封闭是要引起广大群众的反感的。他们的方法便是捕杀编辑，逮捕书店经理，使你的杂志自己死去。这如同谋害一个人，不是把他刀砍或是枪毙，而是要把他禁锢起来，不让他吃东西。不过《文学月报》总还可以支持下去。"

"上海的民族主义文学似乎也没有什么消息，周先生对它有什么批评呢？"

"本来所谓民族主义的文学便不会有什么消息的，因为他们只是放空气，实际上并没有那么一种东西。有人以为左翼的文学是由什么收买的，事实已经证明这是敌人的造谣。不过被收买的文学家却是有的，可惜并不是左翼的文学家，也不是什么用卢布收买的，而是用纪念币或是银行的钞票收买的。例如叶灵凤便是其中之一，假如有卢布可拿，其或者不致屈服在银圆或钞票的魔力之下了……"

我们的笑声，打断了他的话。

于是我们又谈到统治阶级辩护者的无耻，在今年暑假,胡××、张××在北平讲演,是如何受了群众的打击唾骂,这一切都证明统治阶级已无力实行欺骗与蒙蔽了。

"但是,还有一种欺骗是比较聪明的,"鲁迅先把一个烟头扔到痰盂里,又拿起第二支,燃着,他的烟总是不离口的,他吸了两口然后接着说,"这就是披上唯物史观的外衣的那种人……"

"还有,周先生对王礼锡编的《物观文学史》有什么批评呢?"病高又提出了他的问题。

鲁迅笑着摇了摇头:"《物观文学史》,那只是一个漂亮的标题。"

"郑振铎的《中国文学史》曾看过了吧?"志之问。

"看过了,只是第二册吧?——我想,我还可以写一部……"

"周先生已准备最近就开始写吗?"

"不,还得等到明年春天才能开始,上海的东方图书馆被烧了,要开始写,还得卷土重来北平这地方,这里有北平图书馆,参考书要方便些的。"

"……"

"……"

当我们最后提出了我们的来意,那便是请他在未离北平以前给我们讲演一次,他很畅快地答应了。于是我们便兴辞而别。

1932 年 11 月 28 日

第 26 章　赤子心

　　1983 年 3 月初,公木作为评委赴北京参加作协举办的第一次全国优秀新诗(诗集)奖评奖,10 日结束工作回长春。在这次评奖活动中,他第一次读到舒婷的诗集《双桅船》,他很感动,随后就认真地为《诗刊》撰写了《我投舒婷一票》,对舒婷的作品发出了来自老一代诗人的一份支持。但是,这篇稿子却没有能够顺利面世,而是被退了回来。公木在一篇文章的后面谈到这篇评论被《诗刊》退稿的理由时,说是《诗刊》原拟刊出一组评委的评论,后来因为多数评委没有能够如约写稿,又不好单发,只好把原稿及已经付排的大样退了回来。这篇稿子后来改了题目,被删节后刊载在《书林》杂志,并全文收入《克山师专学报》。据说当时还有人跃跃欲试要写文章争鸣,公木听说后表示欢迎,但持不同看法的那些人士后来似乎又没有了下文。

　　徐敬亚是吉林大学中文系 1977 级的学生。1979 年春天,他和吕贵品、白光、邹进、兰亚明、王小妮等同学酝酿成立一个诗社,还准备印本诗刊。刊名徐敬亚都想好了,并请公木题写刊名。公木拿起徐敬亚递过来的写着五个字的纸,用毛笔写下了"赤子心"三个大字。

于是,在辽阔的东北大平原上的一所大学里,出现了一个名为"赤子心"的七人诗社。徐敬亚自豪地说:"应和着全国几十所大学里的社团波澜,在整整四年中,这个诗社在艺术与学术的双重意义上与当时全国诗歌的最高兴奋保持着同步。""舍千金,怀赤子"的口号出现在《赤子心》的发刊词中。他们以嘹亮的声音向着未来呐喊:"苍老的,应该还以童心;僵死的,应该奋起苏生……"①

这一届学生,是"文革"后公木在吉林大学教过的唯一一届本科生。公木教的内容是中国古典诗歌中的浪漫主义。他讲得很认真,但是学生们表面上在听课,实际是在下面翻欧洲小说。有很多时候,他们只不过是坐在他的课堂上,对于课程内容他们并不太用心。不过,他们喜欢去公木的小书房里聊天。公木坐在他快松散的旧藤椅上,上面还有一个厚重的棉花垫子。公木坐在年轻的学生中,给他们讲自己年轻时经历的趣事,讲得家里的藤椅摇晃,讲得布垫落地,他绷着嘴唇模拟街头的爆炸声……他像他们中间最大的孩子。一见到这些年轻人,公木总是有说不完的话。

徐敬亚将公木称为热情的回答者和好斗的理论家,谈起公木的时候,徐敬亚说:"他,是那样优秀的辩论对手!作为某一种文化的苦难结晶,作为某一类标本一样纯正的性格,

---

① 徐敬亚:《与公木谈话》,见《道德文章,高山景行》,长春,吉林大学出版社,1999 年,143 页。

他,是那样的真实而矛盾!"①

　　1979 年 6 月,徐敬亚的《早春之歌》发表在《诗刊》上。不久以后,他写了大学期间的第一篇诗论《复苏的缪斯》,这本来是一篇大二时的当代文学史开卷考试论文,一两千字就可以通过,他却写了两万多字。最初的指导教师是井继成先生,先生看过以后,觉得这不是一篇普通的学生试卷,而是一篇很重要的论文,便转请于正新先生对其进行指导,再后来交到时任副校长的公木手里。公木看了之后很激动,整整一个寒假都在认真帮徐敬亚修改,并将其推荐给了北京的当代文学研究会。这篇文章很快引起了诗歌界的关注。后来又是在公木的帮助下,吉林省作协同意为徐敬亚和王小妮报销路费,让他们去北京参加诗刊社第一届"青春诗会"。

　　20 世纪 80 年代中期,徐敬亚和王小妮迁往深圳,1985 年 1 月 3 日,他们致信公木说:"一直等到有一个比较准确的消息时,再给您写信,但一直不能最后得到安定。半年来波波折折……目前我们已基本定下来。争取明年回长搬家,接老母……吕贵品同我们情况类似……小妮正写散文集,我和贵品已寄了一些诗。同时对新型大学生诗作尽快熟悉。我们三人状态较好。86 年我订了一百元书刊。虽然工作忙仍尝试古文人的生活滋味……听胡昭信说,您去北京检查,是良性疾病,我们这才放下心来,望您不可过急,每天用一至两个

①　徐敬亚:《与公木谈话》,见《道德文章,高山景行》,长春,吉林大学出版社,1999 年,143 页。

小时看花观草散散步,不会耽搁您的计划,要压抑一下紧迫感。其实世间上的事,常常不是那么紧急。遥远祝愿只有通过信表达。小妮向您问好,已经几年没到您那小屋去坐坐了。坐,说什么呢?什么也别说。需要什么药,只要写详细,一定尽力弄到。在我们遇到的人当中,很难见像您这样的好人!……祝身体总是好!问吴师母好!"从字里行间,可以想见几位诗人与公木之间的师生感情。

1997 年 8 月 1 日,时年 88 岁的公木忽然想起了徐敬亚和王小妮,随手写了这样一首诗:

> 烟说戒就断,
>
> 身有痒不挠,
>
> 斯人多内向,
>
> 慎莫与深交。
>
> 此徐敬亚语,
>
> 王小妮说的。
>
> 初不以为然,
>
> 也许有道理。

2002 年 5 月,王小妮、徐敬亚夫妇专程从深圳到河北省辛集市的公木墓前拜祭,并参观了这里为公木设立的纪念馆。我爱人张菱儿当时在这里工作,参与接待了二位老师。临别的时候,徐敬亚泼墨挥毫,用极具特色的左手书法为公木纪念馆写下"赤子之心"四个大字。他对张菱儿说:"当年公木老师为我们诗社题写了'赤子心',现在,我把这几个字还给他⋯⋯"

公木曾在《上海文学》（1981 年第 12 期）上发表了一小段自己对诗歌的看法："诗贵感知。惟感之深方能知之切，惟知之切才更感之深。诗以情感为主，但归根结底仍必奠基在理智上。当然要表现自我。问题是我是谁。我是谁？毋庸讳言，我是正如某些有才华的青年诗人所嘲讽的一根螺丝钉，一颗铺路石子。也正因为如此，无论别人怎么说，我总以为诗应该为政治服务，并且从属于政治。虽然我并不以为人人都必须这样以为，也并不反对某些反对这种意见的意见。要创新，不能由无生有，不能从零开始。一要纵的继承，二要横的移植。这两个方面，在不同诗人或同一诗人的不同时期，容或畸轻畸重，甚至互相'亵渎'一下子也无所谓；可是总的趋势，必须兼顾，不可偏废。依我看来，民族化、大众化、现代化是一致的，几乎是同义语。"公木对朦胧诗人比较关注，对于现实主义的年轻诗人也倾注了极大的热情。1979年河北的张学梦在《诗刊》上发表了一首诗——《现代化和我们自己》，公木第一个站出来喝彩，在《诗刊》上发表了评论文章《发人深思的诗》。

1985 年 2 月号《诗刊》头条刊载了由公木、严辰、屠岸、辛笛、鲁黎、艾青等 18 位老诗人联署的、题为《为诗一呼》的文章。这是他们在中国作家协会第四次会员代表大会上，为促进新诗走向繁荣而采取的联合行动。在这篇文章中，他们同时向各级文艺领导同志、评论界、出版社和文学刊物发出了吁请,吁请他们"应该重视新诗,要给予真正的关怀和实际的支持,要通过各种途径和采取各种方法,推动新诗的发展"。

第 27 章　历久弥坚

公木全身心地不知疲倦地工作着,除了进行正常的诗歌创作和文学评论外,还有纷繁的学术会议、各式各样的社会活动。

1981 年,公木在修订审读《历代寓言诗选》下册文稿时,由于过度劳累,猝发心肌梗死,连续几天昏迷不醒。经过医生的奋力抢救,终于脱险。当病情稳定下来以后,公木到大连干部疗养院去疗养。

因为病重,公木无法参加当年的中国作协理事会。会后,作协理事会的十七位同志联名写来一封慰问信,信中说:

这次作协理事会上,写诗的朋友们聚首,谈到您在病中,全都不胜驰念。特此"快邮代电"遥致慰问,祝愿早日康复,继续执笔一鸣此盛世。天寒,敬希珍摄。——同您握手。①

信虽然不长,但公木读后很激动。他回信给邵燕祥:"十七只手一一相握,十七颗心一一相贴,给我温暖,给我鼓舞,

---

① 王广仁、周毓方:《公木年谱》,长春,东北师范大学出版社,2005 年,158 页。

我当永生珍留这一纸鉴——署着十七个火样的灼热的名字的'代电'。谢谢你,谢谢你们。"①

1982年基本恢复健康后,公木与朱靖华合作编订了《中国历代寓言选》《先秦寓言概论》,并出版了《公木旧体诗抄》,还领导着一个规模不小的中国诗歌史的科研队伍。据陈喜儒先生回忆,针对当时文坛诗坛一些现象,公木曾经说:"这种心态就很好。文坛上那些令人眼花缭乱的表演,欺世惑众的故弄玄虚,吹喇叭抬轿子的鼓噪,热闹倒是热闹,但只是过眼云烟,不必介意。静下心来,多思多想多读书,才能写出好东西。"②

1984年长春白天鹅宾馆汇集了一批我国寓言作家、评论家,大家共同见证了中国文学史上的重要时刻:中国寓言文学研究会正式成立。公木先生为会长,他那向后翘起、不屈的头发被称为"诗人的象征"。会议前一天晚上在宾馆书画室,他和黄瑞云教授差点争执起来。事因是瑞云先生的贺诗竟是写在两张拼起来的报纸上的,公木先生要他用宣纸重写,以便和其他名家的贺词(其中好像有冰心老人的)一起挂出来。瑞云最后嘟嘟囔囔地就范,边写边念:"你们这些人也真奇怪,到底是要诗,还是要纸……"

1985年4月28日至5月10日,公木参加了一次黄鹤楼笔会。他们乘坐"扬子江"号游轮从武汉溯江而上,到达重庆

① 王广仁、周毓方:《公木年谱》,长春,东北师范大学出版社,2005年,158页。
② 陈喜儒:《公木,一棵参天大松树》,载《文汇报》,2021-03-30。

后又返回。参加这次笔会的,有公木、阮章竞、邹荻帆、李普、严辰、萧乾、苏金伞、宗璞、罗工柳等这样一些来自全国各地的老诗人、老作家、老画家。年龄最长的苏金伞已经 80 岁。

4 月 29 日深夜,公木在入住的武汉晴川饭店"望星空,怅寥廓",写了一组古体诗《晴川阁之夜》,后来又自己改成了一组新诗,这种尝试在诗坛上颇为引人注目。4 月 30 日上午 9 时,公木登上"扬子江"号旅游船,入住 208 号舱。此前他虽然参加过一次作家访问团,在这条江上旅行过,但已是近 30 年前的事了。公木一行和其他旅客一道,坐一小汽轮上岸。离岸不远,有一座巨大石山,形如玉印,所以被称为"玉印山"。顺着一条在林荫下的石阶上去,看见了一座古朴的石牌坊,上书"必自卑"。公木这些人大都是六七十岁的老人,笑着从牌坊下穿过。回头看看,牌坊的后面还刻着四个字:忽焉在后。

5 月 6 日 9 时许,船抵奉节。公木在船上抽空在笔会的一些年轻的工作人员送来的纪念册上各写了几句话。其中一句是这样写的:

> 甘做剑鞘,自己宁可经历风霜,而保护剑的锋利,这样的人是我们的好同志。

还写了一首诗:

> 纵目云天外,
> 望洋好放船。
> 起锚混沌港,

系碇自由湾。

诗老唯余辣，

酒酣最忌甜。

文章倔手著，

道义铁肩担。

5月9日船抵武汉。在归途中，公木与二弟张希鹏一家团聚。张希鹏1938年入抗大学习，1958年转业到交通部，后到武汉市中国交通部国防公路设计院任党委书记。兄弟二人见面，很是亲切。

1995年9月，中央文学研究所成立四十五周年，该所一、二期师生在北京发起校友聚会，几十名老同学都来了，当年的教职员王景山、李昌蓉、徐刚、许显卿、潘芷汀等一大帮人也到了，唯独老所长公木没有到，大家相互询问为什么公木没有来，有人讲，公木还要讲课。原教务长徐刚代表大家给公木打电话，请他讲完课乘飞机赶来，校友们等待他开会。下午，老所长公木偕夫人到达北京。作家赵郁秀回忆当时的场面说："同学们一窝蜂拥上，如火山爆发，热浪滚滚……回顾二十年、四十年，言不尽、思悠悠。挥毫泼墨，赋诗留字，一幅又一幅，合影留念，一伙又一伙。"作家古立高回忆说："公木同志已是耄耋高寿，须发全白了；那一头白发，白得像一团雪！正如他的为人，纯洁得没有掺杂丝毫他物。想当年我们一起工作时，他正当壮年，身材魁梧，一头钢丝刷子似的头发奓着，高声大嗓，干脆果断，那是什么样的气魄啊！如今显得矮了、瘦了、小了、老迈了，听力已经不济，很少说话，只是静静地坐在那里。但他的思路依然敏锐，眼神依然光亮，不论站或坐，俨然一座雕像，那双锐利的眼睛，仍旧专注地注视着人世间的一切。这就是现当代著名诗人、作家、学者、教育家张松如——公木同志！"

座谈会刚开始，不知是徐刚还是邓友梅站起来提议，全体合唱那支《中国人民解放军军歌》，于是上百个白发苍苍的老人，全部起立，齐唱起了那支几十年前曾激励千万人抛头颅、洒热血的军歌。当唱到"脚踏着祖国的大地，背负着民族的希望"时，上百个声音颤抖了，哽咽得几乎唱不下去。再看这支军歌的词作者，也早已是老泪纵横了。

之后，徐刚同志在家设便宴特请公木夫妇，同时也约邵燕祥、赵郁秀等人作陪。公木自述："环境改变了，责任骤然加重了。在吉林大学我恢复了教授的职称，又一度兼任中文系主任及副校长、学术委员会主任等职，社会活动也多起来……大有负债累累、力不从心之感，主要精力还是集中于教学、创作和科研三个方面，十二年招收了六届中国文学专业研究生……"他们又谈到了当年文研所的教学和生活情况，谈到了当年学员所住的四合院，院中有一块空地，所里领导特意在此修建了小小的假山，并建有一水池。同学们读书间歇，可在假山、水池旁散步，悄声交谈。公木叹口气说："我家父母就是在那个安逸的环境中煤烟中毒的……"

随后，大家都沉默了。公木又喃喃地说："住了一辈子土火炕的老农民,没有用过瓦斯啊。他们一次次扛着粮袋送我去上学,就是巴望我识文断字,早早成家立业,早早侍奉父母……"

越是到晚年,越是感觉到韶光的可贵。在一个便条上,公木随手写下这样几句诗:"越年轻越走得慢,好像娃娃盼新年。老来两腿充了电,一步三百六十天。"晚年身体不好,他这样写:"为道日损,耳聋眼昏,听之以心,视之以神。越老越聪明。"他是主张入世的,不过在日常生活中,公木仿佛又离社会很远,他会花自己的钱给研究生们买他认为有价值的参考书,系里给他发课时费,他却说:"不是有工资吗?怎么我给学生们上课,系里还发给我课时费?"不过,公木离社会又很近,他时刻关注着国内、国外大事。公木对生死看得很开,他常乐观地跟熟悉的人谈起:"孔子活了七十三岁,孟子活了八十四岁,以我现在的身体状况来看,超过孟子不成问题。"

1996年《人民日报》发表了一篇文章,题目为《公木如青铜》,其中这样写道:"10年前,我曾采访过公木。那时他大病初愈,面容憔悴,头发斑杂,加上满屋的书籍,床底下塞满了书,地上摆满了书,桌上、柜上摆满了书,再看坐在床上的公木,真像故纸堆里发掘出来的陶罐,从远古走来,阅尽沧桑,满身裂纹"。"再次踏进公木的家门","他坐在阳光灿烂的书房里,一头银白的发丝显得很儒雅,大红的羊毛衫和带有花色图案的毛坎肩,更展示了一种生命的活力和激情。我头脑里的第一个反应是,他不再是陶罐,而是考古发现的青铜器,年代愈久愈显其价值"。"他说,别看我的牙齿齐刷刷的,那是假的,耳朵也有点聋了。说着,他拿来助听器戴上"。

有一位叫郜晋的读者给公木寄来明信片请求题字,公木给他写道:"没有行动,思想永远不能成熟而化为真理。光说不做,等于一只嗡嗡叫的蜜蜂不酿蜜。"有一位名叫方继孝的读者也抱着试一试的心态,给公木寄信请求题字,公木为他题字:"道有精粗傻乃大,诗无新旧放而雄。"从这些只言片语中,可以看出公木对生活的感悟和对人生的态度。

1993 年 4 月末,在吉林大学攻读硕士学位的杨传珍到公木家请教,谈到老子的三宝,公木说:"'一曰慈、二曰俭、三曰不敢为天下先'。不为天下先,不是教人颓废、不求上进,而是在面对拿不准的情况时,不要盲目随从,追求冒险。将来如有机会你当了……文化干部,对文化人一定要宽厚。"

第 28 章 关于《东方红》

《东方红》是首老歌,没想到进入 20 世纪 90 年代,关于此歌的词作者问题,又出现了一些风波。

1990 年,围绕《东方红》的创作过程,公木与中国艺术研究院的艾克恩通过一封信,简单介绍了自己介入这首歌整理创作的经历,谈的大致就是本书前文提到的一些情况。这封信刊登在当年的《延安文艺研究》杂志之后,引起了时任《中流》常务副主编的徐非光先生的质疑。

徐先生 1991 年 3 月 21 日晚,撰写了一篇《鼓舞人们奋进的精神力量》,一开头就说:

> 我能够证明《东方红》这首歌,早在 1945 年的 9、10 月间,就已经在当时山东解放区的胶东地区,几乎是在一夜之间广泛流传开了。这首歌是由肖向荣同志率领赴东北的一个文工团带去、演唱,引起轰动并迅速传播开来的。

这实际是对公木关于《东方红》的定型时间的说法提出了反证。

徐非光说：

1945 年日本投降不久,我从胶东军区调到烟台警备司令部(即警备四旅,后改为胶东军区第六师)工作。时间约为 9、10 月。我到达烟台后不久(不会超过 11 月),就看了由肖向荣率领的总政文工团的一次演出。这个文工团是在赴东北的途中路过烟台的(通过烟台渡海)。这是我看到的一次印象深刻、终生难忘的演出。演出前,肖向荣同志作了讲话。演出的节目中有《刘顺清开辟南泥湾》《王木匠进城》等剧目。对当时我们这些年轻人来说,真是大开眼界。其中《王木匠进城》一剧,无论就思想内容还是就艺术技巧而言,都是上乘之作。我认为今天拿来演,也会引起人们的兴趣的,可惜以后再未看到这个剧目(以上两个剧目,均为歌剧)。

在这次晚会上,我听到了两首终生难忘的歌曲。一首是《民主自由歌》(?),其中一段至今记忆犹新:

为什么十家房子有九家空?

为什么十个人就有九个穷?

都只为旧社会不讲民主,

军阀们官僚们到处横行。

再一首就是《东方红》。可以肯定地说,这首歌当时已明确以这个名字命名了,而且第一段就是"东方红,太阳升,中国出了个毛泽东,他为人民谋幸福,他是人民的大救星"。第二段是"共产党,像太阳,照到哪里哪里亮,哪里有了共产党,哪里人民得解放"。

我不记得当时是否发过这首歌的歌片,但第二天起,整个烟台军民都在高唱这首歌了。接着,这首歌就在整个胶东解放区广泛流传开来(当时两个歌剧的个别唱段甚至也得到流行,例如"王木匠在黎城县,买了一把锉",我们许多年轻人都可以哼唱)。

一首歌曲这样引起轰动,得到如此迅速的传播,我还是第一次见到。这得力于它的歌词反映了时代的呼声,唱出了群众的情绪,也得力于它的曲调优美、动听、欢快。这个文工团的演出,对当时胶东解放区的文化生活产生了很大吸引力和冲击力,这在很大程度上得力于这首《东方红》。

徐非光推测说,这里说的总政文工团,大概就是公木同志说的东北文工团。他说:"我对'《东方红》首次演出在沈阳'一说,不能不表示怀疑。因为该团在烟台的演出,肯定是在沈阳演出之前。而在烟台的演出,肯定是已经正式用《东方红》的歌名了。对于《移民歌》这个名字,我不仅没有在那次演出中听到,直至后来也从未听到过。"

对于徐非光的反证,公木于当年4月2日撰文写了关于自己介入《东方红》这支歌的编创经历:

东北文工团不是肖向荣同志率领的文工团。徐非光同志说它叫总政文工团。这个总政文工团在延安时我没有听说过,也许是为赴东北途经山东而新组成的吧。这些，希望能调查一下。不知他们何时从延安出发？到烟台，目的大概也是渡海赴东北的吧，徐非光同志说，总政文工团在烟台演唱过《东方红》。时间如果在9月或10月中旬，最晚20日以前，那便是早于东北文工团在沈阳的演出。如果在10月底以前至11月以后，那便是在沈阳演出之后了。这可以再从多方了解了解。

徐说：第一段歌词就是"东方红，太阳升，中国出了个毛泽东；他为人民谋幸福，他是人民大救星"。其中"幸福"两个字，肯定是我们改定的。原文是"谋生存"，这不会是不谋而合吧。关于"共产党，像太阳"一段，在我的《出发》中，已记上了，说明我们在行军途中，大家就这么编唱的，只是到沈阳后才写定下来。开头那句"照到哪垯哪垯亮"，是为了保留陕北风味，后来传唱中才把"哪垯"改成"哪里"，是群众给改的。在写这段歌词时，我们还就"哪里有了共产党"一句，经过一番斟酌。因为一路上唱的，有时是"出了共产党"，有时是"来了共产党"，直至要正式演出前，不得不写定下来时，才感到"出了"和"来了"都不合适，经推敲，才想到"有了"两个字。这事，刘炽、田方、于蓝、雷加、严文井、王大化等都曾参加过嘀咕，如今不知刘、雷、严诸同志还记得否？反正我是印象很深的，因为我是执笔人。

烟台的演唱，如在10月中旬以前，那只可说大家都不谋而合了。如果在10月底或其以后，则只可证明当时山东与东北往来频繁,流传很快——《东方红》用的是骑白马小调,陕北出来的同志都会唱,一听就会。反正,我们在沈阳的演出,过去所有的记述,都是千真万确的。当时我们不曾听说过还有一个总政文工团。

说得啰唆,一写又写了这么多,希望你再费点心,访问访问总政文工团的有关同志,不知现在还有谁,能回忆一下当年情况。

再者,徐非光同志说,他由胶东军区调到烟台警备司令部,时间约为 9 月、10 月:"我到达烟台后不久(不会超过 11 月),就看了由肖向荣率领的总政文工团的一次演出……"那么,就算是 11 月吧,那也很清楚,总政文工团演唱《东方红》,大有可能是从东北传唱来的。当时大批干部和解放军,穿梭似的往来于山东与东北之间。由沈阳传唱到烟台,太容易了,也极正常。在当时,我们东北文艺工作团,还不曾自己录音,我们很土,还没有这一套设备。但是广播电台似乎制过录音带,也曾广播过(我们连收音机也不曾携带,是否在沈阳广播过,我不清楚,也记不得了。不过,1946 年 4 月底,我辗转到了长春,曾在街上听到广播喇叭里播放过《东方红》)。

对于《移民歌》的搜集整理方面的争议,公木也做了一些说明:

关于《移民歌》的采录,其经过可能如吕骥同志所说,1944 年春,鲁艺戏音系曾派马可同志追踪移民队,向李增正采录的。歌词九段,尽如《陕北民歌选》所载。
《陕北民歌选》是我与何其芳同志主持,在 1945 年春夏
间编选的。当时肯定没有以《东方红》名篇的民歌,若
有,我们不会不采。而且附录的曲调,也是由当时戏音
系提供的,只有《骑白马》(探家调),而没有《东方红》。
这便足以证明,1945 年夏以前,在延安,《移民歌》绝对没
有把《东方红》独立出来单独成为一个歌曲传唱过。我
们编《陕北民歌选》时,确曾向戏音系索取过许多歌词,
其中也包括《移民歌》。这就是吕骥同志所说,交周扬转
何其芳,又让我修改云云的原始情况。在当时,不是修
改,而是编选,我们也确实没修改过(在编选民歌时,非
万不得已,绝对不自己改动采录稿)。

公木在其他文章中曾经回忆说,孟波、于蓝、唐荣枚、刘
炽和他于 1944 年冬去绥德闹秧歌,孟波他们也曾在葭县采录
到李增正唱的九段《移民歌》歌词。

关于《移民歌》的搜集者,还有一些其他说法。现在来
看,这种现象也可以解释,因为《移民歌》毕竟来自民间,而且
也不会就演唱一次,即使两次演唱之间,也会有些差异。所
以尽管是同一个资料来源,根据演唱场所及搜集者的不同,
得到的文本也可能会不同。

中国艺术研究院的艾克恩曾经将几封关于《东方红》创
作情况的信件转给了作曲家彦克,彦克于 1991 年 4 月 18 日
给艾克恩回信说:"徐非光同志在烟台看到的'引起轰动'并

'终生难忘'的《东方红》,就是我们联政宣传队演出的。我作为当时的一员,也向你提供一点有关情况。"在这封信的末尾,他还特意注明:"向在京的和广州的原联政宣传队战友们通了电话,记忆大体差不多。"

据彦克自述,他曾经在延安《解放日报》上看到了《移民歌》,就摘其两段,以《欢迎移民开山林》为题,谱写成独唱曲。后来发表在《抗日战争歌曲选集》上,词作者署为"李增正"。

彦克在写给艾克恩的那封信里说:

《中流》杂志常务副主编徐非光同志就是在烟台看我们的演出。他信中提到的《王木匠进城》《刘顺清开辟南泥湾》和歌曲《东方红》等都是联政宣传队从延安带出来的节目。不过他把演出时间可能记错了。联政宣传队到达烟台和胶东军区机关所在地黄县,是 1946 年 7 月 3 日,不是"1945 年 9、10 月间"。在烟台地区演出 18 天,观者有胶东军区、烟台警备区,地点在烟台市政府礼堂。接着我们又给当地政府、文艺界和刚从华南调至烟台的两广东江纵队演出。我们对外不叫总政文工团,而叫东进纵队干部大队,内部都知道是从延安来的。肖向荣经常给部队机关介绍延安情况。离开山东半岛进入东北的时间是 7 月 22 日。记得在丹东过的八一建军节。纪念"八一五"一周年时,我们在丹东电台进行了文艺广播,名义是"东北民主联军总部宣传队"。……他们演唱的《东方红》,也是由他们改编的(即新填两段词)。由此

看来,南北两路都在唱《东方红》,而内容各不相同。建
国后,盛传的、公认的《东方红》,则是以公木同志改编的
那首为准。

不过他也提供了与公木记忆不同的另一些情况。公木
曾在给艾克恩的信中写道:

> 吕骥说,1944 年或 1945 年,在延安纪念"七一"时戏
> 音系演唱过《东方红》,此事我不甚清楚。如有其事,必
> 然是《移民歌》,而不是《东方红》。把九段歌词全唱出
> 来,是当时跳大秧歌很通常的现象。

彦克则回忆说,贺绿汀曾经在延安编曲指挥过《东方红》
的合唱。他说:

> 1945 年 4 月,党中央在延安召开了具有重大历史意
> 义的第七次全国代表大会。联政宣传队奉命为大会演
> 出三场晚会节目:一是歌剧、歌舞、音乐;二是由山西沁
> 源县委书记刘开基领头与宣传队同志合作的大型话剧
> 《沁源围困》;三是曹禺的名剧《雷雨》。

> 第一场晚会节目有:肖向荣作词、李鹰航作曲的大合唱
> 《歌唱中国共产党——献给党的七大》,翟强编剧、丁洪作曲
> 的歌剧《王木匠进城》,荒草编剧、贺绿汀作曲的歌剧《烧炭
> 英雄张德胜》,荒草作词、贺绿汀作曲、田雨编导的歌舞《扫
> 除法西斯》。此外,一组声乐节目有欧阳山尊、李丽莲、西
> 虹、杨涛等演唱的《东方红》《唱边区》等混声合唱。

> 《东方红》,是由贺绿汀依据李有源的《移民歌》改编

成合唱的,共四段词:第一段保持原来的"东方红,太阳升,中国出了个毛泽东,他为人民谋生存,他是人民大救星"。其他几段,选用《移民歌》中的一些词做了小改。大意是:"边区红,边区红,边区地方没穷人,有了穷人就移民,挖断穷根翻了身","延水长,五岳高,毛主席治国有功劳"。还有一段是专门歌颂人民子弟兵的,最末一句为"全国人民大翻身,迎接胜利享太平"。全曲有激情,也完整。第一段,男女声齐唱。第二、第三段,以男声为主旋律,女声对位进行;再以女声为主旋律,男声对位进行。第四段,以男高音为主旋律,其余按女低音、男低音、女高音依次进行。四个声部纵横交织,逐渐将全曲推向高潮。贺绿汀署名只写了"编曲"。首场演出在中央党校礼堂,时间为1945年5月13日晚7时,报的歌名十分响亮:《东方红》。

新华社2001年刊发的新闻稿件中写道:"公木……修改定型的《东方红》等歌曲家喻户晓。"《光明日报》2010年8月4日的一篇文章中说:"《东方红》这首歌曲人们耳熟能详,但是,许多人不知道的是:公木是《东方红》的修改定型者。"可以说,将公木视为《东方红》的修改定型人,应该是符合历史事实的,这一说法也得到了国家有关部门的审定。目前,新华社播报的新闻,以及文化庆典中,均将《东方红》的署名标注为"李有源、公木 作词"。这说明,公木在《东方红》歌曲词作中的艺术劳动,还是得到了国家层面的尊重和历史认可。

第 29 章　假如让我得重生

晚年看着朋友们一个一个谢世，有时候还是"头白哭头青"，公木心里承受着一次又一次伤痛，写下了一篇又一篇悼念诗文。他挽郑律成、悼丁玲、哭郭石山、悼艾芜、悼方敬、唁白薇、挽塞克、挽舒群、悼王家乙，告别好友杨公骥、宋振庭，还有吴伯箫、智建中、张毕来、方杰、周若冰、冯牧、韩笑以及田间、萧殷、沙鸥和丁力……

1983 年 8 月 24 日，公木得到诗人天蓝 8 月 20 日作于北京西郊医院病榻的一封信："词意错乱，多非非想。盖肺性脑病，深入膏肓，神志已不清醒。然犹拳拳不忘马列，思欲有以贡献。"公木不胜悲怆，写了一首《忆天蓝》：

才高万丈志凌云，
襟抱终天奈未伸。
到老春蚕丝更乱，
成灰蜡烛泪犹温。
栩栩蝴蝶庄生梦，
碌碌鹏鸲贾子心。

一从队长骑马去，

千古桥儿沟公民。

诗前一段小序，表达读了天蓝书信后的感慨：

怀才贵志，读之怆然。平生知交，零落殆尽，尚通鱼
雁者，亦且排好了队去见马克思了。风雨送春，自是规
律，叫我说什么呢？

1988 年夏天，公木路过长春地质学院。这里原来叫杏花
村，曾经是他的好友萧军儿时嬉戏的地方，1980 年萧军访问
长春时，公木曾经陪他来过这个地方。如今触景生情，感慨
万千，写了一首《杏花村忆萧军》：

雄笔信才杰，文锋振霄壤。

调同金石谐，思逐风雷响。

一世历坎坷，终生唯坦荡。

结实有用美，生存发展棒。

追踪鲁迅师，跟定共产党。

物议任滔滔，衷心总朗朗。

超越短长波，决绝名利网。

谣矕铁帚扫，和德金声唱。

过夏犹青商，经秋不凋尚。

岂亲凌霜质，忽随朝露往。

千古慕长风，百年泯素浪。

翘首燕山云，恍惚兮惚恍。

1996 年 5 月 5 日，公木写了一首《突然》，是悼念同龄诗

友艾青的。他说：

> 早知有这一天，还是感到突然。
>
> 接到电话，天昏地旋。
>
> 太阳落山，明晨复出；
>
> 艾青走了，再见何年？
>
> 天啊！
>
> 生得其所久，死而不亡寿。
>
> 薪尽火把长存，光辉照彻宇宙。

这首诗很直白，喊出的却是公木心底最真实、最沉痛的声音。新华社播发艾青逝世的通稿中，专门引用过这首诗。

公木和艾青

公木自延安和艾青相识，与其有着 40 多年的友谊。1991年 8 月，在艾青作品国际研讨会上，公木朗诵了一组古体诗向艾青贺寿,引得深深共鸣。艾青听后,两眼泪光闪烁,紧紧握住公木的手。

诗是这样写的:

一

假如让我得重生,
定必这般约略同。
尽管迷离离失落,
依然轰响响光明。
几多事后诸葛亮,
谁个潮前毛泽东。
逆反反逆凭辩证,
河殇不废太阳升。

二

河殇端为太阳升,
不见阴霾怎放晴。
拨正狂针方理顺,
认真迷路自亨通。
弯弯曲曲弯弯曲,
侧侧平平侧侧平。
大道从来即这么,
何愁耄耋靠边行。

三

漫云耄耋靠边行，
刹那真如驻永恒。
枯树著花花烂漫，
晚霞漾水水玲珑。
落花有序伤无序，
流水无情海有情。
嗟彼往而不返也，
寥天大化尽环中。

四

环中得以应无穷，
因是因非因毁成。
蓦讶兽云吞落日，
倏惊弓月射流星。
望穿秋水望夫石，
神化春岚神女峰。
季节显然误点到，
阴阳岂复信潮灵？

五

阴阳无改信潮灵，
回首东方万里红。

> 如火如茶由塑造,
>
> 一移一步费攀登。
>
> 诗人老矣童心在,
>
> 国运昌兮正道隆。
>
> 光的赞歌永世唱,
>
> 假如让我得重生。

这首诗表达了公木对生死问题的严肃思考。已届生命的霜秋,同时又目睹了那么多朋友的辞世,他对死亡却没有丝毫恐惧,反而对生命充满了信心和热情。

1996年9月,公木应吉林大学新生邀请做一次"自我介绍",他朗诵了这首《假如让我得重生》;1998年5月,他向全国毛泽东文艺思想研究会烟台年会致贺信,也抄附此诗给与会同志,"当作聊天"。

1989年岁末,公木先生给青岛大学中文系的赵明教授写了一封短信,其中写道:

> 心过劳,则意难得手。
>
> 手甚扬,将力不从心。
>
> 为学之道,一二三四。
>
> 用志不纷,乃凝于神。

赵明教授回忆这封信时说:"前两句,可以是坐拥书斋中忧心国事的公木的自画像,很传神。信的末尾,是他迎接七十九岁到来所作的述怀诗《假如》。诗以'假如让我得重生,定必这般约略同。尽管迷离离失落,依然轰响响光明'表达了自己一生虽屡经坎坷,困顿连连,而献身人民、追求真理的信念从未动摇。读先生的《假如》,让我很自然地想起了屈原的诗句:'路漫漫其修远兮,吾将上下而求索','亦余心之所善兮,虽九死其犹未悔'。吾师与前哲往贤,在信念和理想的坚守上是如此一致,一定是因为他们在充盈凛然正气的精神世界中,有某种可穿透历史、跨越时代的联系。"

1997 年 7 月,赵明主持编撰的近 200 万字的两部"大文学史"——《先秦大文学史》和《两汉大文学史》终于出齐。1998 年 9 月,公木先生在《社会科学战线》第 6 期发表的《〈两汉大文学史〉断想》中写道:"四十年前,我和亡友公骥相约共同研究中国古典文学,其中先秦部分的结晶便是公骥那本著名的《中国文学》(第一分册)和我在文学讲习所所编成的先秦文学讲义四册。当时说好由我接续完成此序列的秦汉部分,怎知多云转阴,千雷贯耳,酸雨浇头……本该由我执笔的《中国文学》(第二分册)不得不泡了汤。沧桑改换,亦觉遗憾无法弥补。所幸古典文学研究虽经历了这般坎坷曲折的艰难岁月,但终究迎来了辉煌的学术演进。……《两汉大文学史》由这样一些成就卓著的中青年学者合力完成,怎能不让人生起前浪后浪之感,青蓝冰水之叹?薪尽而面对烈火熊熊,是干枝也爆出了笑声。"从临终前一个月的这段深情话语,可以想见公木先生对中青年学人的学术成就感到非常欣慰。公木先生在给赵明的信中说,自己很想"有机会写一部庄子译释之类的著作",还计划在助手赵雨的协助下,用三年时间完成《夏商周村社文化演进下的〈诗经〉研究》。他不顾自己已经是 88 岁高龄,依然有着详尽的学术计划,并且不止一次地向赵明说道:"内心很感寂寞,有些问题,又无人研讨,年龄把我推移到'老师'的位置,无从问难解惑了。失去了平等的交往,也便失去了前进的动力,慢慢真的'老'起来了。"他还说:"近年来偶见谈及我的诗文的文字,多加'老'字,有的甚至称'师'。这很难展开真正的研究讨论。对技艺与理论的评议,都应当就文本来立论,年纪大了,就不一般对待,这就改变了实事求是的原则。历史是不容情的,这也使我感到几分苍凉。我是多么希望能同一般作者共同研讨,并且听到认真指正啊!"时间进入 1998 年,公木先生"每天上、下午,只能在室内走几趟","一拿书本就困,写不成文章。报纸仍仔细看,电视基本听不懂,只看看场面"。但是他仍然没有停止阅读和思考,还在信中特意告诉赵明:"今年《社会科学战线》第 4 期,发表了我的《读老札记》,你有机会请看看。有些文字,如《老子》13 章,历来众说纷纭,都讲不通——可惜如今没有谁一同讨论了。"由此可见,尽管已经进入风烛一般的晚年,而老先生的心中,依然燃烧着不熄的火种啊。

第30章 若非群玉山头见

在生命的最后一段旅程,公木书写了李白"若非群玉山头见,会向瑶台月下逢"的诗句挂在书房里,朝夕与之相对。

公木提倡精神养生,认为那种仅仅着眼于吃喝保健、生活规律而无欢乐、无精神寄托、无人生意义的养生,只能是越养越无兴趣。

1998年6月22日,他告诉来访的《长春晚报》的记者:"我现在就是用自己的事业与肾衰竭抗争。"他说从事业中认识到自身的价值,并去实现它,才能充满活力,为社会多做贡献,从中分享成功的喜悦和进取的欢乐,即使病中,生活也要过得充实而有意义。他说他不怕病,当消极情绪发生时,他总能自觉、主动地进行调解和化解,从烦闷中解脱出来,找回一个好心情。病中的公木并没有什么特殊的保养,甚至家里连个保姆都没有请,只是每天坚持多年养成的习惯:读书、看报、听广播、看电视、挥毫泼墨,偶尔练练气功。每天晨起用冷水搓身10分钟,并坚持进行户外或室内散步。

1998年10月16日上午,吉林省教育学院中文系张立华来拜访公木,请公木为他的书《中国哲理诗话》写个题词。公木感到很为难,因为初次见面,人家不了解公木的身体状况,又是慕名前来,公木实在不忍心拒绝,但实在又力不从心,于是说:"让我想想吧。"10月23日上午10点多,张立华来取题词,公木把题词交给张立华,连声说:"没写好,没写好。"张立华见公木给他写的是"题《中国哲理诗话》":

> 诗的王国是智慧的海洋,是理想的宇宙,是理念思维的彻底解放,是精神状态的真正自由。解放与自由对主体而言,是自我的觉醒;对客体而言,是真理的显现。因此诗歌欣赏,意味着创造的幸福、灵魂的净化,意味着善与美统一于真,意味着意志与感情统一于理性,意味着生命的升华。

> 公木
>
> 1998年10月20日[①]

闲谈中,公木勉励张立华要多读书,刻苦钻研、戒骄戒躁:"人们普遍对戒骄强调得多,而忽略了戒躁,其实浮躁尤为学者之大敌!"[②]

从10月20日开始,公木的饭量开始减少,对食物感到没有胃口。10月28日,公木把自己几十年的著作,全部搬出来摆在桌子上,一本本地认真翻阅,仔细纠正讹误,准备出一套《公木全集》,但常常看着看着就打起盹来。自1996年确诊肾衰竭,病情时好时坏,他的腿和脚经常是浮肿的。公木仿

---

① 张立华:《最后的诗章 永远的鞭策》,见《道德文章,高山景行》,长春,吉林大学出版社,1999年,360页。

② 同上。

佛知道自己来日无多,他在争分夺秒地抓紧时间做自己的事情。

1998 年 10 月 30 日,星期五早上,公木照常 6 点起床、吃药。已定好将在下周一(11 月 2 日)到吉林省医院住院做腹部透析。大约 15 点 20 分,公木倒在洗手间里,左腿压在肚子下,右腿伸着,头抬不起来。后被立即送去吉林省医院。17 点钟,公木醒了:"我好了,去马克思那里早点,赵雨出去没回来,还有三年课题呢!"他说的是和助手赵雨进行的《诗经》研究,赵雨正在石家庄做课题咨询。此时公木似乎很有精神,耳朵也不聋了。过了一会儿,他喝了两小瓶奶后突然说冷,接着呼吸不畅。当天 22 点 15 分,公木奋力摆了一下手,像是在向这个世界告别。然后,就永远地离开了这里。

11 月 2 日,新华社记者马扬发出了公木在长春逝世的消息,还详细介绍了公木先生的一生。电文刊于《人民日报》等媒体。

11 月 7 日,公木遗体告别仪式在医院告别厅内举行。

公木曾经把自然物质世界称为第一自然界;把人化的自然,以人类活动为核心的现实社会,称为第二自然界;把作为第二自然界的反映又不断对之进行正负反馈的精神世界称为第三自然界。1993 年 6 月,他曾在吉林教育出版社出版了《第三自然界概说》。他认为,人类通过劳动,从第一自然界中创造出第二自然界,人类本身便是这个第二自然界主体并生活于第二自然界。而所谓第三自然界,则是人类想象的产物,是以人类活动为核心的第二自然界的反映,是精神世界,它不存在于意识之外,它是生命的火花,是人的本质力量的对象化,它是由艺术或诗所建立的形象王国。

他在《第三自然界概说》的代序中写道:

> 啊,第三自然界! 这智慧的海洋,这理想的宇宙,是理性思维的彻底解放,是精神状态的真正自由。解放与自由:绝对不是对现实的蔑视,绝对不是对现实采取抽象的虚无态度;而是现实事物之间的必然性联系的揭示,而是现实事物辩证发展过程的展示。解放与自由:对于主体而言,就是自我的醒觉;对于客体而言,就是真理的显现;对于人生而言,就是幸福的享受;对于情操而言,就是真挚的崇爱。因此,思维的解放与精神的自由,不是别的,而正是意味着主客交融,天人合一;而正是意味着善与美统一于真,意志与感情统一于理性。[1]

公木认为,如果说第一自然界是无限的,那么第二自然界就是无限中的有限,而第三自然界则为有限中的无限。读他的《第三自然界概说》,我想,公木先生的生命在第二自然界中消失了,甚至在第一自然界中也杳无踪影,但是许多美好的东西,在第三自然界中却可以获得永生。

公木去世之后,归葬老家河北省辛集市。辛集市政府专门设立了公木纪念馆,该馆由贺敬之题写馆名。建立二十多年来,不时有先生的学生、朋友来参观和悼念。1993年,公木

---

[1] 公木:《第三自然界概说》,长春,吉林教育出版社,1993年,1页。

曾经将日本友人金森道尚送他的生日礼金捐赠给老家河北省辛集市教育局,设立公木奖学金,奖学金至今仍年年颁发。

贺敬之题写的公木纪念馆馆名

公木纪念馆内景

2005 年,吉林大学校友中开始传看着一份倡议书:

关于募集资金为公木先生塑像的倡议

各位校友,大家好!

今天(2005年10月30日)是我们的恩师公木先生逝世七周年纪念日。

公木先生作为著名的诗人、学者和教育家,在国内享有盛誉。他更是我们每个吉大中文系校友最崇敬的师长。从20世纪60年代初到90年代末的三十多年中,公木先生一直在我们吉大中文系执教并担任系主任多年。一提起吉大中文系,人们首先要提到军歌的作者、《东方红》的改写与创作者、《英雄赞歌》的词作者公木先生。三十余年来,公木老师的授课,他的一系列著作,尤其是他对年轻学子的关爱和他令人钦佩的人品,一直在教育和影响着我们一届又一届学子,我们每一个弟子都把公木老师当作我们中文系的骄傲,他是一位德高望重的恩师,是一面最醒目的旗帜。

为了永久纪念公木先生并弘扬恩师的风范,我在前不久的几次系友聚会上提出,建议由我们中文系历届校友捐资,在母校建校60周年之际,为公木老师塑一尊铜像。这一建议得到母校、文学院领导以及广大校友们的一致赞同。在此,我正式向所有在吉大中文系学习、工作过的校友发出倡议,具体事宜告知如下:

1.此举完全是校友自愿,无论捐多捐少都是大家的一份心意,建议一般数额为100~300元,多者不限。

2. 在校学习、工作的校友或在长春的校友，捐款可送交吉大文学院，具体联系人：文学院办公室主任田鹏，联系电话：×××。

3. 其他校友的捐款，我将设法在每个班委托一位热心校友统一联络此事，凡得知此事的校友均可将捐款直接寄到我这里，我的联系方式，邮编：×××，地址：×××，联系电话：×××。

4. 所有捐资校友的名单和捐款数额，我将负责统一登记造册并报送吉大文学院保管。捐款收入和支出情况，我将向文学院领导及公木先生夫人吴翔老师报告。

希望这一倡议能得到广大校友的赞同和支持。明年校庆 60 周年时，欢迎校友们返校，我们一起参加公木老师铜像揭幕仪式。

倡议发起人

吉林大学北京校友会会长：贾玉亭

2005 年 10 月 30 日于北京

2006 年 7 月 31 日，新华社发出通稿《军歌词作者公木塑像在京创作完成》：

中国人民解放军建军 79 周年前夕，军歌歌词作者公木塑像在北京创作完成，近日将迁矗吉林大学。

"向前向前向前！我们的队伍向太阳……"这首诞生于战火纷飞年代的《中国人民解放军进行曲》，半个多世纪来一直激励着人民军队乃至全国人民的昂扬斗志，传唱不衰。1988年,中央军委决定将这首歌曲确定为中国人民解放军军歌。军歌的词作者公木受到全军将士和全国人民的敬重。

　　曾担任吉林大学副校长的公木(张松如)不仅是著名诗人,也是德高望重的学者和教育家。在数十年的执教生涯中,他以渊博的学识、高尚的品德,教育和影响了一届又一届学子。塑像是由各界人士捐资塑造的。

2006年9月16日下午,在吉林大学合校6周年、建校60周年之际,公木先生的两座塑像的揭幕仪式分别在吉林大学东荣大厦和五月花广场举行。公木先生标准塑像坐落在东荣大厦,公木先生艺术塑像坐落在五月花广场。

吉林大学校园内的公木塑像(张菱儿摄)

2019年,吉林大学文学院和吉林大学图书馆共同设立公木诗歌奖,分 A、B 两组进行。A 组面向 30 岁以上曾在吉林大学就读的毕业生,B 组面向 30 岁以下的吉林大学在读生。马骥文、黄临池、董志晨、何雪峰和韩莹、陈陈相因等同学获首届奖。

第31章 原声回放

高昌:公木老师,您亲身经历和参与了20世纪中国许多重大历史事件。回眸20世纪,您有什么感想?

公木:我曾用一首《世纪谣》来概括20世纪的中国或曰中国的20世纪。诗云:紫气东来大化新,锦云何惧倒寒侵。幽灵转世中华相,古树著华举世珍。贯耳干雷招旱魃,浇头酸雨惹妖氛。回天赖有鲁阳戟,犹待攀登披棘榛。

高昌:在20世纪的中国,《东方红》这支歌曲曾经传唱过一个相当长的历史时期。中央电视台1998年春节联欢晚会推出的主题歌《走进新时代》中,有一句歌词就是:"我们唱着《东方红》,当家做主站起来。"在这里,《东方红》显然是被当作了一个时代的历史象征。近年来,关于这首歌的词作者的问题众说纷纭,引起人们极大关注,其中也常常有人提到您的名字。请问这是怎么回事?

公木:《东方红》本是陕北民歌,它的产生和流传,多歧说,难定论。我只说说我参与的和知道的一些情况吧。1944年冬,我同孟波、刘炽、于蓝、唐荣枚四人一起到绥德地区闹秧歌、采风,曾采录到葭县移民队演唱的《移民歌》,后来收进我与何其芳同志于 1945 年夏秋间共同编著的《陕北民歌选》一书。这支歌当时在延安偶能听到,但并不流行。1945 年 10月底,鲁艺师生 60 余人为基干组成的东北文艺工作团由延安出发到达沈阳以后,几位团员才取《移民歌》第一段,略加修改,又增添了三段,一共为四段的一支歌,题名曰《东方红》,曾在一个剧院里演出。参加这次编写的有王大化、李江、谢廷宇、刘炽、天蓝、雷加等,由我执笔,歌咏指挥是刘炽同志。据我所知,这是《东方红》首次正式与群众见面。后来,在传唱过程中由群众改变成为三段,逐渐成为日后流行的《东方红》歌曲。至于"大救星"的说法,表现了陕北农民朴素的阶级感情,同《国际歌》中"从来就没有什么救世主"原是矛盾的。当年在沈阳演唱时,没有意识到这一点,未加修改,就原样传播出来了。这责任应该由我和东北文工团的一些同志来承担。作为陕北的农民,无论是谁,他们在当时的情况下歌颂"他是人民大救星",应该说是很自然的事情。

高昌:"续成三叠的《东方红》"是您对中国革命史的一个特殊贡献,《八路军大合唱》以及新中国成立后的《英雄赞歌》,在当时的生活中也都发挥了不可磨灭的社会作用。我在这里把话题局限在政治和历史的范畴,是想小心地回避对这些歌词进行艺术上的评价和议论。坦率地说,我担心它们所造成的轰动效应无法经受住时间的考验。虽然这些作品带给您的声望可能比您的诗歌带给您的声望要高。相反,倒是您的《我爱》《难老泉》,以及最近发表的《人类万岁》等诗歌作品,却越来越受到今天的青年诗友的重视和喜爱,您老怎么看待这一现象?

公木:对于我写的几首歌词,不好单独进行艺术上的评价和议论。它们是歌词,是音乐的一部分。"声为乐体,诗为乐心",它的生命在音乐方面。你说,担心它们"无法经受住时间的考验",这应该分别看待。《八路军军歌》,随着抗战的胜利,"八路军"番号取消,也就停止唱了,这是自然的;《八路军进行曲》却发展成为《中国人民解放军军歌》。看来,在一定历史时期内,它还不会被淘汰的。至于"局限在政治和历史的范畴",我想没有什么文艺作品,当然任何诗歌以及任何歌词都在内,不"局限在政治和历史的范畴"的,想突破这个"局限",如同提着自己的头发要跳离大地,办不到。我看《我爱》《难老泉》更不在话下,它们能够有永久的生命吗?《人类万岁》亦然,呼喊"万岁",正以其"万岁"不了故也。

高昌:新诗的诞生和发展,是 20 世纪最重要的文学事件之一。这一前无古人的崭新文体的"截然异质的突起的飞跃",是 20 世纪中国文学最高成就中的一个重要的组成部分。作为诗龄长达七十多年的老诗人,请您谈谈新诗为什么名之曰"新"?

公木:中国新诗亦即现代诗歌,是随着五四新文化运动,中国文学进入了光辉的现代时期而形成的。不仅因为它在时间上属于现代,更因为它反映了中国诗歌现代化的进程,是现代意义的诗歌,这也就是新诗之所以新的所在。就其主流说,它的特征主要为:(一)它是以现代的民主主义、社会主义思潮为思想基础的,集中表现在对于人的命运和人民命运、民族命运的关注,以及创作主体的个性、自我意识和描写对象社会化的广度和深度,都得到从未有过的加强。(二)实现了"诗体的大解放",完成了完全独立于传统的诗词之外的崭新的新诗体,并建立起现代诗歌的新传统。(三)不断接受外来影响,使之融化在自己的民族风格中,在语言铸造和诗意运营上,逐渐增加了它的世界性色彩。(四)现代新诗完成了旧传统的打破和新传统的建立,但打破或者叫决裂,并不意味着割断,而只能是扬弃与吸收、批判与继承,也就是推陈出新。

高昌:无论是"街头诗",还是三四十年代的"红色鼓动诗",都仿佛是分数的分子,如果以时间为分母的话,好像分母越大,其值越小。您在"左联"时代就已开始文学活动,又是延安文艺座谈会的亲身参加者,我估计您不会同意我的说法。但无论您承认不承认,我都感觉这之中隐含着某种神秘而严峻的艺术规律。避开它们在政治和革命中的所谓"巨大作用",单纯地从冷静的艺术的角度来看,将来将怎样在文学史上书写这一现象?

公木:一般说来,一切文艺作品,一切诗歌,大都是分母越大,其值越小;只有被赋予了特殊艺术生命的作品或诗篇,可能征服时间,随着历史的延伸而增值,因为将会得到更多更多的读者欣赏、释解、再创作,从而也便越发充实丰富起来。至于你所说的"街头诗"和"红色鼓动诗",我以为也不能一概而论,有的"单纯地从冷静的艺术的角度来看",站得住;大多数在政治和革命中,起了一定的作用,也就算完成任务了。至于在你"感觉"之中隐含着的"某种神秘而严峻的艺术规律",是什么,我一时也概括不出来,反正不会因为贴近"政治"(广义地说即"人生")便速朽。"政治"虽然不是诗的固有体,但也绝不是诗的病原体,一个具有坚定政治信念的诗人,也绝不会因此妨害他通过智慧的心灵而达到崇高的境界。评价是不能避开其"在政治和革命中的巨大作用"的,避开了,也就无所谓"艺术的角度"。我想,一切都将在文学史上得到实事求是的记载。

高昌:新生代的诗友们好像什么也没有拒绝,唯一拒绝的就是老外婆、老阿姨们念念不忘的社会功利性。有朋友宣称:"与天斗,斗不过;与地斗,斗不过;与人斗,更斗不过;剩下的,就只有撒娇。"我个人很赞赏这种勇敢和诚恳,虽然我并不完全否认诗的社会功利性。任何作品,只要写出来,只要有人读,自然就带有社会功利性,它是创作和鉴赏的过程中的一个意外收获,是一种副产品。比如陶渊明,他写诗是为了保护自身的纯洁和宁静。现在想来,"文学宣传"或者"文学为人生"的口号多少都有点儿可笑。

公木:我也同你一样,不否认社会功利性。它是客观存在的,不管诗人意识到还是意识不到。意识不到,甚至反对,都无所谓,这反对,也正是为着某一些人的社会功利性而呐喊。写什么,怎样写。想写给什么人看,会起什么作用。这也不会有损于艺术的"纯洁"。这便是说,要意识到诗作的社会功利性。启示,在写的时候,意识不到,倒是正常现象。不过诗人在日常生活中,不应该与时代相隔绝,与人民相疏远。社会功利性,在文化无意识境界中实现,更是自自然然的。

高昌:我是这样理解您对诗歌发展态势所做的"四化"的估价的:"多样化"的提法,事实上是对当前诗坛多元并存现象的一种认可;"现代化"的提法,实际上是对来日诗坛的一种善意的展望和向往;"民族化"的呼唤,归根结底是基于一种习惯性的民族感情;"大众化"的要求,则是侧重于对读者阅读困惑的一种关心,也可以说是体现了对当代诗坛越来越趋向于人类内心世界和隐秘感情的一种忧虑。这样,"大众化"的笼统提法,首先受到青年诗人的挑战。我个人觉得,当前面临的不是作者怎样趋近读者的问题,重要的是提高全民族的文化艺术水平,让读者回头来理解高层次的作品。

公木:全民族的文化艺术水平需要提高,这是普及和提高教育的问题。写诗的人们,即诗人们,不能等全民族文化艺术水平提高了以后再写,这是一;也不是写给未来文化艺术水平提高了以后的人民的,而是写给今天的人民的,这是二。同时,"大众化",不是"化大众",不是诗人自以为"高",去俯就大众,而是向人民学习,把立场观点以及欣赏趣味移到人民方面来。当然,不要扼杀个性和创造性,而是从人民的土壤中培植出个性,发展创造性。"现代化",是对古典传统说的;"民族化",是对向外国先进文化学习说的;"多样化",是多种创作方法与多种表现手法的自然结合,百花齐放嘛,这似乎不需要多说。

高昌:破缺也是一种美,比如断臂的维纳斯。病态也可能成为一种美,比如西施。效颦的东施尽管健壮,却是一种丑陋。记得您在《星星》(1988年)上说过"破缺美没有提倡的必要"。

公木:我把"破缺美"理解为提倡写不合语法的句子,使用破缺不全的语词,它增加阅读的难度,其所谓"美",实际上是"丑"。"西施病心颦而美",这之中并没有"破缺",她是很自然、很完整的,是很合逻辑的。至于"东施效颦心不疼",这是不自然的、不完整的,是不合乎逻辑的。于是她捂着肚子搞"象征",咧着嘴闹"变形",这就不免"破缺"起来,"美"吗?今天不少诗人,又向东施学习,谈不到"效颦",而是"效效颦"。又降下一个层次了。

高昌:人们称您是"以生命写诗的人"(见《诗刊》),我想补充一点,您是以生命的热情写诗的人。这或多或少使您和您的同代人,以及受你们影响的一批受尊敬的中年诗人的诗歌带有某种局限性。比如说,我认为您一直在用自身的善良和单纯解释这个复杂的世界,但是,以我年轻的心就发现世界上也有虚伪和阴谋、愚蠢和仇恨,您自己的坎坷经历也同样证明了这一点,那么,您的乐观主义,是否影响了您诗歌的真实?

公木:我就不敢说以生命为诗了,我的生命不但说不上有声有色,而且经常处在惶恐、迷乱、动摇、失误中。即使真诚,也只是悬为追求的目标。如果真诚地说,"真诚"也往往是打折扣的。至于"以生命的热情",或者可以这样说,诗总是用情感写出来的,虽然不一定是"热"的。阴暗、淡漠以至冷峻,都属情感范畴。你说,"世界上也有虚伪和阴谋、愚蠢和仇恨",是的,诗正是为了消灭它们才存在。所以,以我说,诗人便是要在生活中发现阳光的人。因此,在自己"主体意识"中首先要"充满阳光"。要想达到"真实",前提便是"真诚"。这很难,要尽可能。我是把它悬为追求的目标的。

高昌:20 世纪 90 年代以来,许多作家和评论家都敏感地意识到当代文学已发生重大的转折,新的文学状态正在形成。《文艺争鸣》杂志和《钟山》杂志曾在 1994 年联合发表宣言,将这种新的文学状态称为"新状态文学",他们认为"新状态文学"是"走出 80 年代的文学",是"写状态"的文学,是"90 年代的文学",是"回到文学自身的文学"。《文艺争鸣》杂志社就在您所生活的长春市,相信您对此话题必有关注。

公木:回归文学是厌烦现实、逃离社会的一种状态,在摆脱"政治侍婢"的地位这一方面,起过一定积极作用。但是它基本上违反意识反映现实、生活是唯一源泉的艺术规律。走到极端,便意味着回到象牙之塔,回到薄薄的大脑皮层,自我掏空,自我封闭。凡疏离人民者,自然也会被人民所疏离。

"新状态"正应该走出这一困境,而不是再深陷进去。我这么想,至于这一命题或口号的提出者是怎么想的,我说不准。我以为,"新状态"是一种祝愿、一种趋势,既然有了文学的"新状态",自然便会有"新状态文学"。它是在形成中、发现中,它富开放性,其包容量没有边界。不好如此这般在表现手法或写作手法上加以规定。假如作家们都这么来"执行",那还有什么"新状态"?岂不成了老一套?

高昌:您的作诗、治学、为人之道是什么?

公木:理论(文艺)建设意识,学术(创作)自由心态,真理(审美)追求精神,道德(纲纪)遵守观念。不拜神,不拜金;不崇古,不崇洋;不媚时,不媚俗;不唯书,不唯上。心向往之,愿共勉旃!

附记:以上内容采访于 1988 年 2 月,吉林长春公木先生家中。1990 年第 4 期《河北文学》和 1998 年第 9 期《诗刊》曾分别发表过我与公木的两篇对话录。这里将两篇对话录合在了一起。其中有六个问答曾被公木先生收入自选诗集《我爱·后记》和《人类万岁·附录》,因整理角度不同,与本处收录的文字略有出入。

尾声 怀念

我注视着时间但看不到时间

我注视着、注视着

看也看不到时间的容颜

只看到镜钟在摆、案历在翻

朱颜少年,眉清目秀

白发老翁,背驼腰弯

只看到花开花谢、月缺月圆

化石梦醒,浮出原地

陨星雨落,来自高天

我很喜欢公木先生这首题目为《时间》的诗,字里行间充满哲思,读起来总感觉沉甸甸的,非常耐人寻味。

人间多风雨。回望岁月,总是有许多让人难忘又让人尊敬的生命逐渐向历史的深处隐去。他们留下了不少的唏嘘感叹,也留下不尽的泪水和思念。当一个个曾经熟悉的名字像流星一样陨落,一下子让人们直面了死亡,也让人们更加懂得了要珍视生命、敬重生命。

公木墓碑正面

公木墓碑背面

　　回溯公木的一生，我希望能给今天的人们留下一些为诗为人的启示。他的一生波澜壮阔，百转千折，有华彩乐章，也有不尽如人意之处。为什么泪水是滚烫的？为什么热血是鲜红的？那些闪闪发光而又隐隐作痛的难忘岁月，是何等令人沉醉和神往，又是何等令人心碎和哀伤啊。

　　写作过程中,李之琏、韦君宜、黎辛、戴煌、徐光耀、涂光群、邢小群、陈徒手、乔迈、赵明等先生的相关著作是我重要的参考资料,尤其是王广仁、周毓芳的《公木年谱》,樊希安、张宇宏的《公木评传》,樊希安、石丽侠的《公木的多彩人生》,张菱(即张菱儿)的《我的祖父——诗人公木的风雨年轮》以及长春电影制片厂的电影《走向太阳》,吉林电视台的电视片《向着太阳》和河北电视台的电视片《永远向前》,更是给本人带来诸多重要的启示和借鉴,无法一一致意,特此一并鸣谢吧。

　　2022年是公木先生诞辰112周年。这本《公木先生》书稿,也是我对先生的一份深情纪念。我曾有幸在懵懂的青年时候就亲聆先生教诲,受益匪浅。时间越久,感触也越深。每每和人谈起公木先生的作品,我的心里总是带着一种不同寻常的温情和敬意。

　　为写作和修订这本书稿,我曾深入延安、北京、辛集、长春乃至韩国光州等与军歌诞生有关的城市和乡村,收集了大量第一手资料,积累了大量的创作素材。我所见过的表现公木先生的人生经历尤其是军歌创作的书籍、纪录片和电影电视作品很多,每部作品都使我倍感亲切,同时又带给我真实的震撼。我也希望本书能够传达出一些真挚的思想力量,尤其是盼望能够通过这些起伏的历史细节,展示一个来自冀中平原的淳朴真诚的知识分子的艰辛跋涉的历程,展示一代人的共同信念。

　　我很珍惜和这本书稿的缘分。相见有情,后会有期,青山不老,绿水长流。希望尽心尽力的劳作,唤起的是真挚而久远的感动。而限于阅历、精力和材料等诸多因素,估计书中仍会有缺点和错误,也恳切盼望能听到更多方家的指导和批评。

　　公木先生逝世后,我曾写过两首短歌为先生送行。谨录于本书书末,聊寄哀思——

送别公木先生

作者　高　昌

此去泉台无限远,阳关难唱第三声。

心头一盏光明焰,高举为公照路程。

干戈岁月百年老,锦绣河山万木荣。

大写人生诗一首,行间字里放光明。